Bibliographische Information der Deutschen Nationalbibliothek

Die Deutsche Nationalbibliothek verzeichnet diese Publikation in der Deutschen Nationalbibliographie. Detaillierte bibliographische Daten sind im Internet unter http://dnb.d-nb.de abrufbar.

Zwischen Lust und Moral – erotisches Erleben und ethisches Bedenken des Fritz Willer

14 Erzählungen aus den Reifejahren eines sensiblen Mannes

Herstellung und Verlag: BoD - Books on Demand, Norderstedt

ISBN 978-3-7460-8321-6

Das Buch wurde erstmals ab 9/2017 bei BoD in 1. Auflage verlegt.

Vorwort

Die 14 Erzählungen erstrecken sich auf die diversen ersten Erfahrungen des Fritz Willer in seiner Zeit als Jugendlicher und Erwachsener zwischen dem 16. und 40. Lebensjahr. Die Episoden weisen einen strukturierenden Zusammenhang auf, der sich aus seiner Charakteristik als verwegener Wagehals und als zaudernder Genießer ergibt. Fritz – als Autor und Ich-Erzähler fungierend – will sich und das Phänomen ˋMädchen´ entdecken, möchte dabei keine Enttäuschung verursachen und zugleich ein fast reines Gewissen behalten. An den Anfang wurde ein Erlebnis gestellt, das im zeitlichen Ablauf seiner Entwicklung an die 13. Position der 14 Berichte gehörte, aber als Einstieg schon sein volles Persönlichkeitsbild aufzeigen soll, welches dann in sukzessiver Entwicklung dargelegt wird; spezifisch anhand erotischer Erlebnisse. Letztlich wird vom Verfasser beabsichtigt, den Konflikt zwischen biologischen und psychischen Bedürfnissen gegenüber anerzogenen und naturgegebenen Tabus aufzuweisen. Der Autor will eine Identifikation mit schlichter biografischer Berichterstattung vermeiden und bringt seinen jüngeren Freund und Fachkollegen Fritz Willer als Ich-Erzähler ein. Die sprachliche Präsentierung enthält sowohl die Entwicklung der Begegnung des unerfahrenen und schüchternen Jugendlichen und des älteren Zauderers mit Frauen als auch die Problematisierung des Vordringens in jene Bereiche, in denen sich Erotik und Sexualität sowie Wertungen nahekommen, aber nie in irgendeine anstößige, peinliche Beschreibung münden. Die Hauptperson ist keineswegs nur Typ, sondern glaubhafte Person eigener Individualität. Die Titel der einzelnen Erzählungen sind bewusst harmlos gehalten und führen vom Äußeren zur innerlichen Betroffenheit. Manchmal ereignet sich Unerwartetes. Der Leser wird, sich gelegentlich distanzierend zur Hauptfigur, auch schmunzeln können.

Der Irrtum

Ich begegnete ihr im Lichthof der Münchner Ludwig Maximilians Universität. Sybille war zwei Jahre lang meine Lieblingsschülerin im Deutsch-Leistungskurs eines Münchner Gymnasiums gewesen. Sie war notenmäßig nicht die Beste, sie war nicht nach allgemeinen Maßstäben die Schönste, aber sie war die Markanteste, bereits eine fertige Persönlichkeit. Kein Model jedenfalls, aber mit nur 18 Jahren bereits eine aparte, fast damenhafte Erscheinung. Ich hatte mich in diese zuverlässige, aufmerksame und willensstarke Schülerin zweifellos verschaut, und gewiss war ihr meine seelische Zuwendung nicht unbemerkt geblieben. Stets hatte sie meinen mehr als nur freundlichen Blicken während des Unterrichts standgehalten. Einmal sogar – während des Geldeinsammelns zwecks Lektürekaufs - hatten ihre Fingerspitzen zwei Sekunden länger als nötig mit dem Hartgeld in meiner Handfläche verweilt. Dabei hatte sie mir zusätzlich fest ins Gesicht geblickt mit Augen, die mir wie Amethyste vorkamen. Zwei Jahre lang wendete ich mich mit vermeintlich unauffälligem Wohlwollen meiner Lieblingsschülerin zu. Doch letztlich erwies sich ein stereotyper, unauffälliger Abschied als notwendig. Im Durcheinander des Abitur-Prozesses hatte ich sie nur flüchtig am Ende der letzten Unterrichtsstunde fragen können, was sie denn studieren werde. Sie antwortete lächelnd, dass sie noch unschlüssig sei, neige aber zurzeit dem juristischen Berufsfeld zu. Vor diesem vielleicht endgültigen Abschied hatte ich mir zurechtgelegt, sie elegant und unauffällig zu fragen, ob man sich weiterhin ab und zu treffen könne? Aber ich war im entscheidenden Augenblick gehemmt. Ich dachte, da sie wisse, dass ich verheiratet bin, würde sie wahrscheinlich verwundert Gegenfragen stellen und nach meinen umständlichen Begründungen ablehnen. Dass ich ihr nicht einfachhin meine starke Sympathie bekennen könne, war selbst mir bewusst. Und überhaupt, würde sie sich wirklich einem fast 20 Jahre älteren Mann in dauerhafter Freundschaft zuwenden? Dieses mein Ansinnen nach Beendigung einer letzten Erziehungsphase, in deren Verlauf etliche geschickte Schülerinnen ihren für gefühlmäßig als empfänglich erkannten Lehrkräften mit einem fröhlichen Blinkern der Augenlider zu begegnen pflegten, hätte eventuell daneben gehen können. Mir schossen auch ihre eigenen Familienverhältnisse durch den Kopf: Sie könnte mein Angebot etwa ihrer gut erziehenden Mutter berichten, mit der sie in engem Kontakt stand, und diese würde unverzüglich konsterniert und empört meinen Schulleiter auf mein unziemliches Verhalten aufmerksam machen. Freilich ein leichtfertiges Weitersagen an eine Freundin über mein vielleicht doch unerwartetes Vordringen konnte man ausschließen. Sybille war durch und durch Einzelgängerin, sehr reif, weitestgehend selbständig, zuverlässig verschwiegen wirkend. Ich hatte grundsätzlich Vertrauen ihr gegenüber. Deswegen verhehlte ich ihr nie meine Sympathie, begegnete ihr immer erfreut lächelnd, kommentierte auch ihre bescheidensten Äußerungen im Unterrichtsgespräch unentwegt befürwortend. Die Klasse war vermutlich im Verlauf der zwei Jahre meines wöchentlich fünfstündigen Auftretens an meine Art gewöhnt, zumal ich mich stets bemühte, zu jedem Kursmitglied – sei es weiblich oder männlich – aufgeschlossen und angenehm zu sein. Freilich war es leichtsinnig genug von mir, die besondere Zuwendung gegenüber Sybille kaum zu tarnen. Schüler haben ja feinnervige Gefühlsantennen und beobachten scharf, auch Eifersucht innerhalb der frühreifen Weibskinder kann eine Rolle spielen. Da sie aber selber zuweilen in Gefühlsverwirrungen verstrickt sind, nehmen sie Lehrern übertriebene Impulse gegenüber anderen Gleichaltrigen nicht dauerhaft übel. Oberstufenschüler durchschauen Erwachsene, lassen es sich aber nicht anmerken. Wahrscheinlich verteilen alle Lehrer ungewollt ihre Aufmerksamkeit etwas ungleichmäßig, so dass meine Eigenheit nicht besonders auffiel. Der gute Pädagoge ist eigentlich dadurch definiert, dass er kein Herz aus Stein hat und aus einer stets merkbaren emotionalen Grundeinstellung zu seinen Hörern tätig ist. Begeisterte Erzieher goutieren dazu dieses weiche Fluidum zwischen Sprechen und Hören, zwischen Mitdenken und Erkenntniszuwachs, was sich unmittelbar auf beide Seiten überträgt und eine Unterrichtsstunde gerade auf dem Feld der Literatur zur gedeihlichen Freude macht! Doch andere als Störfaktoren auftretende pädagogische Erwägungen bremsten die klare Offenlegung meines Inneren gegenüber Sybille: Es war allgemein bekannt, dass manche Schülerinnen emotional empfängliche, männliche Lehrkräfte sympathisch finden, dass diese seelische Verbindung aber schlagartig zerbräche, wenn die insgesamt trennende und sichernde Lehrer-Schüler-Ebene außer Kraft gesetzt ist. Sogar rechtliche Belange, nämlich dass ein Pädagoge sogar zu einer erwachsenen Schülerin Abstand zu halten habe, um nicht später der Erpressung gegenüber Abhängigen verdächtigt werden zu können, ließen sich nicht von der Hand weisen. Es drängte sich dann zusätzlich so etwas wie Verantwortung in meine aufgewühlte Gefühlslage: Was wäre, wenn Sybille auf Grund eigener starker Betroffenheit und Verwirrung durch mein eventuell

2

unerwartetes Sympathie-Geständnis schlechtere Noten in den abschließenden Abiturprüfungen erzielte, was im Weiteren ihre Zukunftschancen verschlechtert und sodann vielleicht zu einer nachträglichen offiziellen Beschwerde über mich geführt hätte? Wie stünde ich vor Eltern, Kollegen und Öffentlichkeit da als bisher geachteter Lehrer, als verständnisvoll und gerecht beleumundet, immer bewusst über die einem Erzieher als Vertrauensperson gebotenen Grenzen – und plötzlich ein derartiger skandalöser Fauxpas? Ich konnte also aus all den Gründen weder mich, noch diese heimlich und doch merkbar gemochte Sybille gefährden! So waren wir also vor zwei Jahren sachlich, freundlich, jedoch für mich sehr schmerzlich auseinander gegangen. Sybille hatte gewiss geschickt gewartet, dass sie sich als Letzte der Klasse allein von mir verabschieden konnte. Ich blieb beherrscht, täuschte mich und vielleicht auch sie durch konventionelle Amtlichkeit als routinierter Erzieher, der schon oftmals seinen Abiturienten Lebewohl gesagt hat. So war es mir beschieden, mit der Ungewissheit leben, ob auch sie eventuell betroffen sei. Aber Klärung wäre keineswegs schicklich, sondern taktisch unklug und beruflich hochriskant gewesen!

Und jetzt stand sie plötzlich vor mir. Schlagartig überwältigten mich die starken, mühsam verdrängten, im Seelengrund zurückgehaltenen Gefühle. Wieder zwang ich mich zu der von meiner Rolle als Lehrperson geforderten Verhaltensweise. Ich gab ihr artig und kurz die Hand, bekundete die Erfreulichkeit des unerwarteten Wiedersehens, konnte aber die Überherzlichkeit meines Strahlens in ihre hellblauen Augen nicht völlig vermeiden. Die dunkle Haartracht, die in Halsmitte endete, ließ ihre hohe Stirn frei. Die naturfarben belassenen, breiten Brauen betonten den konzentriert-beherrschten Blick. Vom Gesamteindruck und von den Details war ich fasziniert. Ebenso hatte mir ihre gerade, schmale Nase immer gefallen. Die vollen, ungeschminkten Lippen machten ihre gepflegten großen Zähne sichtbar. Bewundernd streifte mein Blick schnell über ihre lange, filigrane Gestalt, die sie wie zur Schulzeit schon öfters in einen praktischen, in einen mit Gürtel versehenen, hellen Trenchcoat-Mantel gehüllt hatte. Ich war mir schon seit vielen Jahren bewusst geworden, dass ich fast automatisch auf große, schlanke, dunkelhaarige und blauäugige Frauen fasziniert reagierte. In manchen Fällen durchfuhr es mich wie elektrisiert, und ich dachte dann einerseits an eine Religion, in der dem Manne eine zweite Gattin erlaubt ist, andererseits waren mir Vernunft- und Moralgründe gewärtig, dass sich nichts lohne, um meine bisherige Familie unseres monogamen Kulturkreises zu gefährden. Nie wäre ich real auf ein Vorhaben gekommen, einst festlich versprochene und auch spürbar weiterhin vorhandene Liebe wegen eines kurzen Abenteuers oder eines Zweitverhältnisses oder wegen eines ehelichen Neubeginns nach Scheidung innerlich und dann offen aufzukündigen. Allein schon nervlich hätte ich niemals Ehebruch begehen können. Es wäre mir einzig darum gegangen, einen schönen Zustand, in welchem ich mich glücklich und geborgen fühlte, weiterhin unverändert aufrechtzuerhalten! Ich wollte keine Verbindung abbrechen. Ich wollte nur behalten! Da ich auch von der wissenschaftlichen Psychologie etwas verstehe, bejahe ich die auf meine leise Beziehung zutreffende fachliche Erkenntnis, dass ehrgeizige Männer sich durch die Eroberung von etwas größeren Damen in ihrem Ego bestätigt sehen. Es könnte auch hineinspielen, dass eine sublime Maskulinität im scheinbar körperlich überlegenen Weibskörper sogar eine eigene latente Homoerotik herausforderte. Die Beziehung von Mann und Frau hat ja immer etwas von `Erringen´ und `Besiegen-Wollen´ an sich. Diese Wörter bringen nicht nur Symbolisches, sondern auch Physisches zum Ausdruck. Die Geschichte aus dem Nibelungenlied, in der Siegfried die starke Brunhilde bezwingt, stellt nicht bloß eine literarische Fiktion dar, sondern ist gewiss, weit vor jeder Wissenschaft, durch Lebenskenntnis sexualpsychologisch motiviert. Die unbekannten Autoren haben zweifellos schon vor 800 Jahren – oder bereits vor 1500 Jahren - Urmechanismen erkannt, die in der heute verbreiteten These Bestätigung finden, dass erotisches Besitzergreifen – auch wenn es im Falle Siegfrieds nur stellvertretend für König Gunther geschah - mit Geschlechterkampf zu tun hat. Dass dabei die Kerle ihre angeborenen spitzen Waffen benutzen und die Frauen nur die körpereigenen stumpfen, bedeutet keine Abmilderung dieser Hypothese. Tiefenpsychologisch gesehen, stehen sich gewissermaßen Sportsmann und Kampfweib im Streben nach Dominanz gegenüber. In der Ehe bleibt die beidseitige Tendenz zur Herrschaft gerade im sexuellen Bereich erhalten, findet aber bei zivilen und klug nachgiebigen Naturen im Alltag und auf längere Sicht einen demokratischen Ausgleich. Oder man arrangiert sich halt gut bürgerlich irgendwie und kommt innerhalb seiner Lebensbedingungen erträglich zurecht. Die psychologischen und literarischen Erkenntnisse wurden in meinem Fall konkret bestätigt, dass die insgesamt harten, klar umrissenen Gesichtszüge von Sybille – bei durchaus weicher, makelloser Haut – nach dem unteren Kopfbereich hin durch ein kantiges, kräftiges Kinn abgeschlossen wurden, was gewiss meine tief in archaischen Bereichen des Unbewussten verwurzelte Eroberungslust mit ausgelöst und aufrechterhalten hat. Dazu kommt, dass lebenskluge, stolze und beherrschte Frauen wie Sybille, trotz ihrer im passenden Fall zu mobilisierenden kurzzeitigen Herzlichkeit, von Über-Ich-artiger Rationalität geprägt sind, die dann im automatisierten Gegenzug sogar einen sanften Mann zu erotischer Aggressivität verleiten können. Sybille regierte auf meinen wohl sofort wahrgenommenen Überschwang äußerst gelassen und sachlich - was mich aber in meinem Glücks-Höhenflug nicht beeinträchtigte - und sagte Belangloses über ihre vielfältigen und anstrengenden Klausuren in allen Segmenten der juristischen Ausbildung. Natürlich fielen auch die üblichen Äußerungen über die unzureichende Qualität und dürftige Praxisrelevanz der Vorlesungen in der Rechtswissenschaft. Deshalb wolle sie auch jetzt schon zu einem teuren „Pauker" gehen, wie es alle Kommilitonen und sogar Dozenten raten. So müsse sie leider auch gleich weiter, um eine wichtige Übung im Strafrecht nicht zu versäumen. Sie ziele auch das „Schnellschuss-Examen" an, das man schon nach sechs Semestern machen dürfe. Ich spielte notgedrungen trotz meiner extensiven Gefühlswallung und meines trockenen Mundes mit, bestätigte diesen nötigen Pflichteifer, hatte aber doch noch einen Rest von Geistesgegenwart, um jetzt endlich den vor Jahren gehegten Wunsch nach einem etwas längeren Gespräch zum Ausdruck zu bringen. Dafür würde sich mein kleines Dozentenbüro in der LMU anbieten. Ich schärfte ihr Gebäudeteil und Zimmernummer des Uni-Traktes in der Schellingstraße 3 ein. Sie bestätigte, dass sie nach der Übung (anhand des StGB-Paragraphen 174) trotz aller Belastung kurz, aber wirklich nur kurz, Zeit hätte. Sofort schnellte mein Glückspegel wieder bis zum Anschlag hoch, und ich blickte der rasch Davonhastenden schmachtend nach. Sie schritt immer noch wie zur Schulzeit etwas ungelenk dahin, obwohl sich nur halbhohe Stöckel an ihren geschlossenen, flachen Lederschuhen befanden. Mir fiel ihr Mangel an schmalen Fußfesseln auf. Auf einer eher geistigen Gefühlsebene, die parallel zu naturhaften Emotionen in mir arbeitete, freute es mich, dass sie anerkennend registriert hatte, dass ich offensichtlich - aber für sie nicht verwunderlich - nach harter Kärrnerarbeit den lang geplanten Aufstieg vom Gymnasiallehrer zum Lehrbeauftragten an der Münchner Ludwig-Maximilians-Universität geschafft hatte. Niemand beachtete mich, den Verzückten und Stolzen, nur der nackte, wohlgebaute Grieche aus schwarzem Marmor im erhöhten Teil des Lichthofes sah mit toten Augen gleichmütig auf mich, dieses heißblütige und eigenartig reagierende Männer-Menschlein, herab.

Da sich meine Sprechstunde mit dem bevorstehenden Date überschnitt, beabsichtigte ich, die Bürotüre sofort nach Sybilles Eintritt von innen abzusperren, damit wir im trauten Tete-a-tete nicht von ratsuchenden Studenten gestört würden. Aber dann fiel mir ein, dass ein Kollege bei mir anklopfen könnte, weil noch Absprachen über den Abgabe-Termin der Magister-Arbeiten stattfinden sollten. Ein Besucher wäre vielleicht auf den Gedanken verfallen, dass sich im Rauminneren während der Sprechzeit Ungebührliches abspiele. So gab ich die Idee des Zuschließens wieder auf. Als Sybille nach ihrer Seminarsitzung ankam, beeilte ich mich, nochmal – aber mit anderen Worten – den schönen Zufall dieses Wiedersehens zum Ausdruck zu bringen und stellte gleich meinen Stuhl nah an den ihren, was sie mit einer skeptischen Regung der Augenbrauen zur Kenntnis nahm. Ich bot ihr sofort das `Du´ an, was sie aber offensichtlich gleichgültig quittierte. Ich hatte schlicht gehofft, damit dieselbe private Vertrauensebene herzustellen. Sie nickte auf mein Angebot hin, blieb dann jedoch weiterhin beim `Sie´. Um Unterbrechungen des ersehnten Zusammenseins zu unterbinden, entschied ich mich dafür, sofort mein schweres Pult eine Handbreit vor das Türblatt zu rücken, so dass es möglich würde, einen eventuellen Störenfried durch den nur noch schmal zu öffnenden Spalt schnell abzufertigen. Sybille blickte mich ob meiner Zugangs-Sicherung des Zimmers irritiert an. Mir dämmerte kurz, dass sie befürchte, ich könne durch die Abschottung des Eingangs in eventueller Liebeseuphorie übergriffig werden. Ich hatte in den eineinhalb Stunden Pause bis zur erneuten Begegnung wechselnde Formulierungen für unsere Verabredung durchgespielt und entschied mich, nachdem ich ihr Platz angeboten hatte, für das Aussprechen von „schöne Fügung der Glücksgöttin für diese holde Stunde". Sybille nickte kühl in ungerührter Nachsicht über meine hehren Worte und ließ einige Vokabeln fallen, deren gefühlvollste in der trockenen Erwiderung bestanden, dass sie sich zwar auch – sie sagte nicht `ebenso´ - freue, aber wirklich nur sehr kurz Zeit habe, weil ihr neuer Freund, den sie seit zwei Jahren habe, auf sie unten in der Schellingstraße warte zum gemeinsamen Gang in die Mensa des Newman-Hauses in der nahen Kaulbachstraße. Dort könne man gut und günstig zu Mittag essen, ergänzte sie ausführlich - um Ablenkung auf ein banales Thema bestrebt. Mir blieb nur übrig, die Qualität dieser zusätzlichen Studentenmensa zu bestätigen. Als dann tatsächlich mein räumlich benachbarter Dozent anklopfte und zu mir hereinwollte, beschied ich ihm – froh über meine Sperrvorrichtung und nur mit der Nase am Türrahmen hinauslugend -, dass ich einen privaten Besuch bekommen habe, worauf der Kollege einsichtig und diskret die Besprechung schnell auf den Nachmittag verlegte. Vermutlich um abzuwehren, dass ich anfangen könnte, in alten, für sie offenbar unangenehmen Erinnerungen zu schwelgen und um meinen umständlichen Erklärungen für meine nie abgeklungene, übergroße Sympathie vorzubauen, sagte Sybille nach einigen Belanglosigkeiten über das eben besuchte Seminar deutlich mit eisigem Blick: „Ich hatte vor zwei Jahren Probleme. Mein damaliger Freund, mit dem ich schon ein Jahr zusammen war, taugte nichts, aber der jetzige ist gut!" Dieser Schuss vor den Bug war eine deutliche Warnung vor dem für sie voraussehbaren Stolpern meiner Person in Peinlichkeit und die sich daraus zwangsläufig ergebende Zwietracht, die dann fernerhin einen angenehmen Rückblick auf meine Schulepisode unmöglich machen würde. Ich sollte gewiss damit kapieren, dass sie seit zwei Jahren schon in guten Händen war. Ich staunte, welche Erwartungen dieses stets unbescholten wirkende, nun auch erst 21-jährige Mädchen eigentlich von einem Freund hatte, gar vielleicht vorrangig physische, wie es das Wort `gut´ als Prädikatsadjektiv statt `lieb´ zu signalisieren schien? Sie machte hier kaum mehr missverständlich deutlich, dass sie nicht im Geringsten daran interessiert sei, jetzt das ehedem harmlose, aber uns beide frohmachende Verhältnis fortzuführen oder sogar zu intensivieren. Auf meinen vorsichtigen Griff nach einem letzten Beziehungs-Strohhalm, dass ich sie zum Semesterende einmal zu einem Pizza-Essen im `Da Mario´ einladen möchte, reagierte sie ernüchternd und roh-direkt: „Durchaus mal, aber nicht so bald. Und nur, wenn das nichts mit Sex zu tun haben wird!" Da war ich platt, seelisch erschüttert, bis ins Mark getroffen. Mit derart plötzlicher Schroffheit in unverblümter Deutlichkeit hatte ich überhaupt nicht gerechnet! Ein One-Night-Stand oder ein Parallel-Verhältnis aus Ehefrau und physisch geliebter Nebenfrau war von mir weder damals, noch jetzt und zukünftig geplant. Ich wollte immer nur dauerhafte, gute Freundschaft. Verbundenheit fürs Kommende. Eine Art `gelegentlich durchs weitere Leben gehen´. Schlagartig war mir jetzt bewusst, dass ich sie völlig falsch wahrgenommen und sie mich enttäuschend banal eingeschätzt hatte, in der Art `typisch Mann, auch dieser Kerl will bloß auf das Eine hinaus´. Nun würde ich mein verqueres Schülerinnen-Bild schleunigst von Grund auf zu korrigieren haben. Mir fiel dann, in Sprachlosigkeit geworfen und zur Sterilität verdammt, nichts mehr ein. Wir gaben uns – beide rasch aufstehend, sie erleichtert, ich blutleer im Kopf - neutral die Hand, wobei Sybille, weil sie vermutlich registrierte, dass ich blass und verstört geworden war, die peinliche Situation überbrückend versicherte, dass sie zum Erörtern schöner und schwerer Literatur, wie sie diese in meinem Unterricht kennengelernt habe, absolut keine Zeit mehr erübrigen könne und für Neuerscheinungen von Belletristik sowieso kein Interesse habe. Die juristische Fachliteratur nehme sie gänzlich in Anspruch. Sie habe ohnehin kaum Erinnerungen an die Werkinhalte zur Schulzeit – höchstens an den Roman >Effi Briest<. Sie schritt beim Hinausdrängen, Berührung vermeidend, behände an mir vorbei, mich noch eines kurzen harschen Blickes würdigend. Dabei unterließ sie es nicht, noch einen letzten Schlag auszuteilen: „Ich glaube, Sie haben sich da in etwas verrannt!" Zerknirscht schaute ich ihr aus meiner halboffenen Bürotüre nach, bis sie am Ende des Ganges die Treppe nach unten nahm. Ich hätte trotz allem gewinkt, doch sie drehte sich nicht um.

Die Rigi-Rutsch´n

Die Einweihung des Erholungs-, Sport- und Saunabades eines Juli-Tages war für die Peißenberger Anlass zu einem großen Eröffnungsfest. Die an diesem lang vorbereiteten Projekt des Gemeinderates interessierten Bürger und Jugendlichen, die das kalte Ammerbad leid hatten und endlich ein modernes Schwimmbad mit zwei Becken, dazu Sauna und Lokal samt Terrasse im Ortszentrum bekommen hatten, versammelten sich zum offiziellen Einweihungsakt am Sprungbecken. Der Bürgermeister Matthias F. schilderte am Mikrofon den gesamten Hergang dieses finanziell aufwendigen Vorhabens, dankte dem Gemeinderat, allen Spendern und freiwilligen Helfern sowie den Sponsoren und legte in seiner Schilderung besonderen Wert auf die erfolgreiche Durchsetzung eines von Jugend und Kindern mit Begeisterung erwarteten Rutschenturms, der mit seinen gelben Plastikwannen der offenen Röhre gut sichtbar im gärtnerisch wohlgestalteten Gelände des Badebereiches stand. Bevor die Anlage zur allgemeinen sofortigen Benutzung freigegeben wurde, sollten offizielle Personen ihre je eigene Freude über die gelungenen Einzelangebote des Wassersports zum Ausdruck bringen. Am Schluss forderte er die Anwesenden zum fleißigen Gebrauch des gesamten Angebots auf. Dies ließ sich der zweite Bürgermeister Hans H., Rechtsanwalt im Hauptberuf, nicht zweimal sagen. Als ehedem wagemutiger Skispringer auf der Bad Sulzer Sprungschanze (kritischer Punkt 45 Meter) und Ausbilder bei der Wasserwacht schien es ihm eine Kleinigkeit, einen eleganten Hechtsprung vom 3-Meter-Brett vorzuführen. Zur Überraschung und Belustigung aller Zuschauer bestieg er den Sprungturm in voller Bekleidung, legte nur die Schuhe, nicht aber Hose, Sakko, Hemd und Krawatte ab und hechtete nach kurzem Anlauf im halbwegs gelungenen Bogen ins Becken. Das Eintauchen, das in olympischer Wertung spritzerfrei vollzogen werden muss, gelang ihm zwar nicht, doch einen plumpen Bauchplatscher zu vermeiden, war ihm selbstverständliches Sportsmann-Können. Man konnte sehen, dass sich schon im Flug seine Jacke aufblähte und wie dann unvermeidlich beim fast senkrechten Eintauchen ein großer Schwall Wasser die bisher glatte Wasseroberfläche in höheren Wellengang versetzte. Sein Sakko wird wohl nach seiner verwegenen Vorführung keine Knöpfe mehr gehabt haben! Etliche Freunde des Schwimmsports, darunter auch ich (erfahren als langjähriger Abnehmer der Leistungen für die Schwimmabzeichen der Wasserwacht), wollten sofort nach Beendigung der offiziellen

Veranstaltung ebenso kühn, aber in Badehosen als mutige Kopfspringer ins Wasser hüpfen. Mein gestreckter Flug und das senkrechte Eintauchen gelang sehr gut, sogar so vorbildlich, dass es mir meine zu locker sitzende Badehose – vermutlich war über die Jahre der Nutzung das Gummiband mürbe geworden – bis zu den Knien herunterzog. Dieses peinliche Geschehen wurde sofort von meinem ehemaligen Klassenkameraden und Badefreund Hans G. wahrgenommen, der schnell ins Auffangbecken einköpfte und meine Badehose im Kniebereich mit seinen strampelnden Beinen unten hielt und beim Auftauchen laut hörbar plärrte: „Der Fritz ist nackert!" Dieser hundsgemeine Ruf locke natürlich sofort ein paar neugierige Jugendliche an, die den angeblichen Skandal, den Hans als seinen Humorbeitrag bezweckt hatte, beobachten wollten. Es gelang mir dann gleich den glatten, fülligen `Seehund´ Hans wegzustoßen, mein rotes Höschen wieder hinauf zu zerren und den Schurken per Schultergriff zur Strafe unter Wasser zu drücken. Da wird er wohl einen Liter Chorwasser geschluckt haben, da er über seinen schlechten Spaß noch immer prustend lachte. Die Ausstiegsleiter benutzte ich dann vorsichtig langsam und hielt dabei meine Badehose zur Sicherheit mit einer Hand von vorne fest. Einige am Rand des Springerbeckens herumstehende Mädchen kicherten natürlich in verschämter Falschheit, wobei sie wohl hofften, dass ich nach weiterem Abrutschen meiner Badehose nochmals im Adamskostüm sichtbar würde. Ihnen diesen Gefallen zu tun, konnte ich durch selbstsicheres Auftreten, so als wäre nichts gewesen, erfolgreich vermeiden. Inzwischen erregten andere Wassersportler gebührendere Aufmerksamkeit. Der erste Schwimmer aus unserer Volksschulklasse Edi U. sprang mit Salto mehrmals vom Ein-Meter-Brett und der erwachsene Allrounder Fredi N. führte seinen unnachahmlich perfekten geschraubten Kopfsprung olympiareif vom großen Brett vor, ohne dass es merklich spritzte. Meine Altersgenossen und ich hetzten alsbald zur hochbegehrten Rigi-Rutsch´n hinüber, wobei ich bei meiner schnellen Fahrt in Rückenlage mit den Beinen voraus nach unten sauste, um nicht wieder in peinliche Verlegenheit zu geraten. Ein kleiner Bub glitt sogar freiwillig mit halb heruntergezogener Shorts und entblößtem Po hinunter, um mit weniger Reibung noch rascher durch die beiden Kurven zu gleiten. Erfreut spürte ich kaum die Nahtstellen zwischen den einzelnen Rutschen-Segmenten, weil sehr viel Wasser zugeführt wurde. Der die Sausefahrt abschließende Hüpfer ins Auffangbecken wurde von allen Nutzern als zusätzliche Gaudi empfunden, weshalb dort Jauchzen und Prusten verbreitet waren, während man sich die Haare zurückstrich und die Augen auswischte. Vom hochgelegenen Start aus nahm ich vor meiner zweiten Tempo-Fahrt herzklopfend wahr, dass eine vielbegehrte schwarzhaarige große, aber stets unangenehm widerborstige Schöne, mir kurz, aber irgendwie gnädig anerkennend (für eventuell vorhandene Nebenbuhler unmerklich) zunickte. So war ich mir beim Heimradeln fast sicher – wer kann jedoch bei erster einseitiger Verknalltheit schon Gewissheit empfinden? -, dass ich mir durch mein Missgeschick im Springerbecken eine leichte Sympathie ihrerseits nicht verscherzt hatte. Mein kühner Hecht vom großen Sprungbrett schien ihr im Gegenteil sogar imponiert zu haben.

Die Aufklärung

Mit meinem nach mehreren Jahren Nachhilfeunterrichts zusammengesparten 900 DM war ich endlich in der Lage, mir den lang gehegten Traum auf ein eigenes Paddelboot zu erfüllen. Der Verkäufer des Klepper-Ladens in der Münchner Schützenstraße war einem 19-jährigen Schüler gegenüber großzügig und gewährte einen 5%-Rabatt. Das Sportgerät hatte in zwei Tragtaschen aus wasserfestem Leinen Platz. Trotz des hohen Gewichtes ließ sich mein Neuerwerb mit dem Zug nach „Schlossberg" zu transportieren, wo ich im nahen „Burgwiesen", einem Dorf am „Moorsee", eine Einstellmöglichkeit gefunden hatte. Mit Hilfe der Bauanleitung gelang es mir tatsächlich – wie es die Werbung verhieß – „ohne Werkzeug und Schrauben" alle Holzteile in die richtigen vormontierten Metallverschlüsse zu stecken und zuletzt die beiden Großteile in die dicke Bootshaut einzudrücken. Dann wuchtete ich das Wasserfahrzeug unter Benutzung eines kleinen Bootswagens ans Ufer des Sees und kletterte nach dem Verstauen meiner Sommerkleidung und dem Anziehen meiner Badehose unbeholfen ins widerborstig wegrutschende Gefährt. Ein älterer Bekannter aus dem kleinen Kreis der Peißenberger Ammerpaddler hatte mir schon vor einem Jahr gezeigt, wie man gekonnt einsteigt und sportartbezogen mit den versetzt angebrachten Ruderblättern schiebt. Das Flussfahren schien mir für Mensch und Boot zu gefährlich, das Seerudern war eher mein Traum. Ich wollte mich über den romantisch zwischen Wäldern und Wiesen gelegenen „Moorsee" schon seit Jahren orientieren und paddelte daher, jetzt endlich passend ausgerüstet, in fast gerader Linie – die Fortbewegung mit dem nötigen Drehen der Paddelstange und den zum Boot parallelen Durchzügen bereitete mir kaum Schwierigkeiten -, den Inseln „Laach" (mit Kirche, Schloss und Gehöft) und „Buschinsel" sowie „Waldinsel" entlang bis an das der Einstiegsstelle gegenüber liegende Westufer zum Einlauf des Zuflusses in den See. Ich genoss das geräuschlose Gleiten meines „Blauwal" und freute mich, dass ich mich mit eigener Kraft recht rasch vorwärts schaufeln konnte. Die Einfahrt in dieses kleine Delta des Seezulaufes am Seerosenhain und dem hohem Schilfbestand vorbei wollte ich mir für einen anderen Tag aufheben und bog daher zwecks weiterer Ufererkundung nach links ab, wo einige höhere Gewächse und Laubbäume festeres Ufergelände erwarten ließen.

Zu meiner Überraschung lagerten am Rand unter den weit ausladenden Ästen des größten Baumes mehrere Paddelboote. Daneben, etwas höher und damit trocken gelegen, wurde eine sonnige Liegewiese sichtbar, auf der sich etliche Personen niedergelassen hatten – zu meinem Erstaunen total unbekleidet! Im ersten Schreck drehte ich mein Paddel rechtwinklig zur Seite, um den Rückzug vor dieser fremden und gewiss verbotenen Welt anzutreten, doch dann überwog meine Neugier und mein spontanes Interesse an einer Badewelt, die hier eine mir immer schon wünschenswert erscheinende lückenlose Sonnenbräune verhieß, welche das alters- und geschlechtlich gemischte Publikum dieses geheimnisvollen abgelegenen Platzes schon auszeichnete. Ich legte an, zog meine rote, ohnehin schon eine Nummer zu kleine, Badehose aus und ging, bedacht jegliches Aufsehen als neuer Gast des Geländes zu vermeiden, mit einem Liegehandtuch und meiner Literaturgeschichte ausgerüstet, zu einem noch freien Randplatz der Wiese. Im Sitzen verschaffte ich mir einen ersten scheuen Überblick über die Szenerie, registrierte befriedigt, dass sich niemand für den unbekannten jungen Besucher zu interessieren schien, und blätterte, zweifellos etwas nervös, im Buch die Thomas-Mann-Werkschilderungen her, um wie üblich, Freizeit mit Arbeit zu kombinieren. Ansonsten schaffte ich es, die schwer zu verstehenden Passagen des „Felix Krull"-Romans vor Augen und Sinn, dass alles an mir – mein Pulsschlag ausgenommen – ruhig blieb. Als ich dann doch wieder den Blick aufmerksamer über die Gesellschaft schweifen ließ, achtete ich weniger auf die mir eigentlich bisher fremden unbekleideten Körper der Erwachsenen und einiger Kinder, weil mir ein Mann auffiel, der aufmerksam, ein großes Fernglas in beiden Händen, durch eine Baumlücke hindurch nach Osten auf die Seefläche starrte. Als er sich umdrehte, bemerkte er mein Erstaunen und winkte mich freundlich heran, übergab mir sein Sichtgerät und sagte: „Achten Sie mal auf diesen Kahn da hinten, da sind zwei Männer in voller Montur mit Schlapphüten auf den Köpfen. Solche Typen haben sich letzte Woche in derselben Tarnung als Fischer an unseren FKK-Platz herangemacht, dann ihre Polizeiausweise hergezeigt, unsere Namen und Adressen verlangt und dann Ordnungsstrafen wegen verbotenen Nacktbadens angekündigt. Wir müssen hier immer auf der Hut sein und die Badesachen griffbereit haben." Dieser warnende Hinweis trübte meinen ansonsten beglückenden Einstand in dieses biblische Paradies mit all diesen ausgeglichenen, ruhigen und fröhlich erscheinenden Menschen. Ich meinte nach der Begutachtung des verdächtigen

Wasserfahrzeugs, dass ich auch zwei Angelruten und einen Kescher sehe, so dass diese vollständige Ausrüstung auf echte Hobby-Angler hindeute. Nun ging ich zum Uferrand und schaute einer Familie zu, die sich spaßhaft gegenseitig mit schnellen Wasserspritzern vor dem Schwimmen zum Hineinlaufen ermutigte. Die Tochter des Ehepaares war etwa meines Alters. Der Anblick einer wohlgeformten weiblichen Gestalt, die mir nichts dir nichts in unschuldsvoller Natürlichkeit, als wäre dies selbstverständliche Gewohnheit, splitterfasernackt herumsprang, war überwältigend! Ich konnte für die naturhafte Reaktion meines auf Weiblichkeit wohl automatisch reagierenden männlichen Körperteiles wirklich nichts, da half kein willentliches Verbot und auch kein Gebot auf Rückzug. Spontan lief ich, plötzlich schamhaft geworden, bewusst hohe Wasserspritzer erzeugend, an den drei Leuten vorbei und stürzte mich, sofort loskraulend, ins Wasser. Die sportliche Anstrengung und die Entfernung von der unschuldigen Verführung wirkten gleich Körper und Gemüt abschwellend, so dass ich mir in Rückenlage aus gehöriger Entfernung ein erstes Gesamtbild von der wildromantischen, verrucht und zugleich faszinierend erscheinenden, Idylle verschaffen konnte. Dass es solch eine Hochstimmung eröffnende, geheime Badelandschaft unmittelbar in der Heimat gab, war eigentlich größtmögliches Glück! Der Naturgenuss über den in fast unberührter Natur belassenen „Moorsee" neben dem schönen Kleinstädtchen Auersberg erfuhr durch dieses von freundlichen Menschen besuchte Plätzchen eine erhebliche Steigerung. Mir kam der durch dieses Erlebnis weiter begründete Verdacht, dass mein seit Kindheit im Religionsunterricht eingetrichterte katholische Begriff über Sexualität und Sünde nicht richtig war. Große und schöne Gefühle sprechen ihre eigene wortlose Sprache und müssten eigentlich ein Umdenken auslösen! Wem Erholung auf solche Art gefällt, tut gewiss auf keinen Fall in ethischer Hinsicht Unrecht, zumal an abgelegener Stellen kein `Sündenfürchter´, kein moralisch Verklemmter und kein Spießbürger belästigt werden können. Letztlich hat der Schöpfer der Natur und des Menschen sein höchstes Produkt in Form von zwei Geschlechtern so angelegt, dass alles Beieinandersein sinnvoll und gut ist, wenn es einem noblen Gesundheitsgefühl entspricht und einvernehmlich geschieht. Ich fasste den Plan, mich bald in unserer Weilheimer Stadtbücherei über Bademoral und Sitten genauer zu informieren, um mich letztlich in meiner sich verstärkenden eigenen Überzeugung von Schönheit und Freiheit zu bestätigen. Es schien mir, als gäbe es im Zwanzigsten Jahrhundert noch etliche Aufklärungsarbeit zu tun.

Mir kam auch schon bisweilen der Verdacht, dass speziell kirchlich-katholische Moral etwas mit unnötiger Minderung von Lebensfreude zu tun habe. Sollte sogar Heinrich Bölls These (gelesen in Privatlektüre außerhalb des Deutschunterrichts am Weilheimer Gymnasium) – geäußert 1958 in seinem „Brief an einen jungen Katholiken" – mit dem Problem zu tun haben, dass aggressive Staatssysteme bisweilen sogar mit Einverständnis kirchlicher Institutionen die kleineren `Sünden´ im sexuellen Bereich aufbauschten und die wirklichen Sünden gegen das Fünfte Gebot vertuschten, um keine Kriegsdienstverweigerer zu erzeugen und abzulenken von den Appellen einer naturgegebenen Gewissensethik des Nicht-Tötens (abgesehen von einem echten Verteidigungsfall)? Das wäre dann ein brandgefährliches Thema, das bisher in der Partnerschaft von Staat und Großkirchen wohl einseitig entschieden worden war und manchen Regierungen im Grunde einen Freibrief dafür gegeben habe, nach Vortäuschung eines feindlichen Angriffs Vernichtungswaffen einzusetzen und Eroberungen sowie Zerstörungen zu betreiben, ohne dass gegen das massenhafte Töten von Menschen und das gesamte Unrecht laut protestiert werden konnte. Keine der beiden Meinung und Recht bestimmenden Institutionen habe eigentlich nachhaltige, ins Ursachenfeld tiefer eindringende, Interessen, die wahren, oft landräuberischen und ideologischen, Kriegsursachen aufzudecken. Das Entsetzliche werde einfach als unabwendbar hingenommen. Die Lösung solcher schwerwiegenden und Gegnerschaft aller Art auf den Plan rufenden Probleme wollte ich mir für die Studienzeit ab dem nächsten Jahr oder gar für eigene politische Betätigung aufheben.

Beim Zurückschwimmen sah ich einen „Klepper Aerius" auf unseren tollen Badeplatz zusteuern mit einem Blondschopf als Ruderin. Das große Paddelboot wurde von einer jungen Dame bewegt und steuerte ohne jedes Zögern zum Bootslager. Die Steuerfrau hatte sich also schon mit den Gegebenheiten durch bisherige Besuche vertraut gemacht. Da ich bald im flachen Wasser stehen konnte, war mir mein neugieriger Blick in das Boot und den interessanten Inhalt von hinten her freigegeben. Die für meinen laienhaften Begriff üppig gebaute, etwa 25-jährige Blondine lag, mehr als sie saß, bereits während der Anfahrt nackt im Schiff, die Beine links und rechts kühn gespreizt auf dem Süllrand aufgelegt (um an jeglicher Stelle Farbe und Wärme zu empfangen), dirigierte ihr Gefährt mit dem nun senkrecht gehaltenen Paddel, auf dem

Boden nachstoßend, zum Uferrand, zog ein Bein zum anderen herüber und erhob sich zum kippeligen, aber geschickten Ausstieg, nun auch ihren wohlgeformten, muskulösen Po in der Mitte ihrer beachtlichen Körpergröße zeigend. Nach dem Anheben ihres Bootes, um es am Uferrand vor unbemerktem Abtreiben bei Wellengang und Wind zu hindern, griff sie noch nach einer Badetasche und wandte sich mit freundlichem Gesichtsausdruck, betont durch ihre klugen hellblauen Augen nach mir um, dem bisher unbekannten Gleichgesinnten ihres Hobbies. Ich verzog wohl auch zurücklächelnd die Miene, war aber vor Schreck nicht zu einem Wort des Kennenlernens fähig. Ihr Anblick, nun überraschend von vorne mit den schweren sonnengebräunten Busenrundungen, den Hüften etwas schmäler als die Schultern, den kräftigen Sportlerarmen und den trainierten muskulösen, schlanken Beinen – dazwischen oberhalb das dunkle gleichschenklige Dreieck der Schambehaarung -; dies alles war in genannter Plötzlichkeit für mich, dem im Wesentlichen unaufgeklärten Schülerburschen, zu viel. Es kam mir vor, als stünde ich der sagenumwobenen griechischen Helena, für die der Trojanische Krieg geführt worden war und die in Goethes „Faust" als Verkörperung der schönst möglichen Frau der Welt auftritt, zum Greifen nahe gegenüber! Das unvermutete Übertreten eines tief eingeimpften Verbotes von Sündigkeit bei gleichzeitiger höchster Bewunderung bewirkte psychosomatische Erregung. Schon wieder wurde die sexuelle Tabuisierung der vorherrschenden deutschen Prüderie im 19. und 20. Jahrhundert durch ein durch und durch positives Erlebnis in Frage gestellt. Das Hochgefühl intuitiv wahrgenommener Naturethik überwand die Mauer eines moralisch falsch programmierten Über-Ichs! Das muss der Philosoph Friedrich Nietzsche, von dem ich in meiner kleinen Literaturgeschichte schon gelesen hatte, unter anderem in seiner vitalistischen Lebensphilosophie und „Umwertung der Werte" gemeint haben. Es ist wohl kein schöneres Gefühl als das Erleben einer Mischung von Herrlichkeit und Begehrlichkeit denkbar. Die Natur drückt Wahrheit und Richtigkeit im positiven Spüren der Menschen aus. Es existieren einfach auch gute, vom Schöpfer intendierte Instinkte zur Aufrechterhaltung von Partnerschaft, des Familiensinns und der Fortpflanzungskette. Gäbe es einen Gradmesser für Lustempfinden bei gleichzeitiger ästhetischer Hochschätzung, der Zeiger käme bei einer derartigen Spontanoffenbarung, wie sie mir jetzt zuteil geworden war, erst ein gutes Stück weit über der vorgeprägten Skala zum Stehen. Es waren nur Sekunden, in denen ich unvorbereitet dem Maximum an perfekter

Weiblichkeit ausgesetzt sein durfte, doch der großartige, für einen Jungmann im absoluten Gefühlszenit erfahrene Reiz war erschlagend. Während `Helena´ in herrlichem Abgang langsam entschwand und in der Menge der liegenden und stehenden Sonnenanbeter untertauchte, musste ich selber, meine Erregung in rascher Wendung bekämpfend, noch einmal abtauchen und ein Stückchen schwimmen, um nicht als FKK-Laie aufzufallen. Das hätte bei keinem der Sonnenfreunde zu einem moralischen Anstoß geführt, aber meine Peinlichkeit würde einen zufälligen Beobachter gewiss belustigt haben. Derartige Körperreaktionen dürfen sich nur halbwüchsige Buben erlauben, denen so etwas selbst nicht besonders auffällt. In einer Illustrierten hatte ich einmal gelesen, bei nicht angemessener sexueller Erregung vor anderen, sollte man an eine Steuererklärung denken, das wirke sofort lustfeindlich. Demgegenüber stand aber die vor einiger Zeit erfolgte Bemerkung meines frommen evangelischen Vaters an mich als seinen jetzt 19 Jahre alt gewordenen Sohn, dass der weibliche Körper ein sehr schönes Geschenk des Schöpfers an die Männer sei (mein überkonfessionell denkender Erzeuger wollte durch eine solche weltliche Erinnerung vermutlich verhindern, dass ich nach dem Abitur auf den Gedanken käme, gar katholischer Pfarrer zu werden. Dabei war seine Sorge unnötig.) Die Wucht dieser ungeahnten Begegnung mit weiblicher Vollkommenheit verstärkte meinen schon latent vorhandenen Vorsatz, irgendwann eine ebenso perfekte liebenswerte Freundin zu gewinnen und nach dem Staatsexamen sofort zu heiraten.

Nach all den einströmenden Denkvorgängen und Gefühlaufwallungen sowie nach genügender Abkühlung suchte ich mein Liegeplätzchen auf, ließ mich von der Sonne trocknen, blätterte ohne Aufnehmen des Inhalts in der Literaturgeschichte, registrierte, dass `Helena´ vom Fernrohr-Gucker in Beschlag genommen wurde, sah die ungefähr gleichaltrige schlanke Dunkelhaarige mit ihrem jüngeren Bruder in ein Puzzlespiel vertieft, hob dann, mir letztlich in dieser geschlossenen Gesellschaft beengt vorkommend, meine beiden Sachen auf und schritt zum Paddelboot. Als ich einstieg, wunderte ich mich noch über ein Paar, das bis auf die Gesichter völlig schwarz war, weil sie offenbar in einen winzigen Moortümpel am Nordwestende des FKK-Platzes gestiegen waren und die zusätzliche Möglichkeit für eine Gesundheitskur in Anspruch genommen hatten. Ich beschloss beim Rückpaddeln nach „Seewiesen", trotz all dieser freudvollen Erlebnisse mich zunächst mit weiteren Besuchen des Platzes zurückzuhalten, bis sich die Rechtslage zur Einordnung ins Legale der jetzt noch strafwürdigen Freizeitgestaltung ändern würde. Ich dachte, wie absurd es ist, harmlose Erholung im FKK-Stil am abgelegenen Ort mit Bußgeld zu belegen, wobei noch List aufgeboten werden muss, um angeblich schamlose Leute ausfindig zu machen. Ich war mir allerdings sicher, dass der `Zeitgeist´, der individuelles Verhalten erlaubt und selbständiges Denken zulässt, es in einigen Jahren schaffen würde, menschliche Bedürfnisse und frohen Körpergenuss nicht mehr unter den Verdacht von Gesetzlosigkeit und Amoral zu stellen. Auf der Rückfahrt, durch kein Motorboot belästigt, wenigen Seglern und Ruderern begegnend, glaubte ich an diesem bedeutungsschweren Tag erlebt und bleibend erkannt zu haben, was frohes und freies Menschsein fern von überstrenger moralischer Indoktrination ist.

Die Luftmatratze

Im Neckermann-Katalog hatte ich ein günstiges Angebot über eine dreiteilige Luftmatratze samt Gummi-Blasebalg entdeckt. Obwohl ich schon ein Paddelboot besaß, konnte ich auf das örtliche Bad und die Ammer nicht verzichten, weil die Radfahrt zum Staffelsee doch anstrengend und zeitraubend war. Als ich das zugesandte Paket an einem schönen Junitag auspackte, kam mir ein schon länger gehegter Wunschtraum in den Sinn. Ich wollte mich auf diesem Gummischiff vom alten Peißenberger Schwimmbad aus die daneben fließende Ammer bis zur Pollinger Brücke hinuntertreiben lassen und dann – die entleerte und zusammengelegte Matratze schulternd – auf dem Fahrweg barfuß diese gefahrenen fünf Kilometer wieder zurückgehen. Ich erzählte meiner Peißenberger Schulfreundin Ingrid davon, und die war selbst gleich Feuer und Flamme für dieses sportliche und gefahrlose Abenteuer. Dass kurz vor der Pollinger Brücke auf 30 m Stromschnellen zu meistern wären, ließ sie nicht von dem gemeinsamen Vorhaben abbringen. Ein bisschen erstaunt war ich schon, dass eine 16-Jährige mit mir schon 19-Jährigem so mir nichts dir nichts Ja zu dieser Unternehmung sagte. Da wir uns aber schon seit einem halben Jahr gut kannten, weil wir am Bahnhof manchmal miteinander sprachen und auch durch Weilheim zusammen ab und zu bis zum Gymnasium am Südwestende der Kreisstadt miteinander gegangen und uns im Peißenberger Freibad schon zweimal getroffen hatten, entwickelte sich die Bekanntschaft zu einer lockeren Freundschaft. So bestanden bei dem netten dunkelhaarigen, blauäugigen, forschen Mädchen aus der 10. Klasse wohl keinerlei Bedenken, mit dem schüchternen 13.-Klässler diese Unternehmung zu vereinbaren. Wir lagerten unsere Kleider sichtbar für andere Leute, die gewiss das Vorhandenbleiben unserer Sachen, auch ohne dass wir darum baten, im Auge haben würden, nach dem Anziehen unserer Schwimmsachen (einteiliger, stramm sitzender blauer Badeanzug bzw. rote kleine Sportbadehose) an einem kleinen Hügel im Badegelände ab, bliesen unsere Schwimmgefährte mit unseren Blasebälgen auf und überstiegen den niedrigen Maschendrahtzaun des Bades. Die Ammer war in ihrer Rechtskurve neben dem Badegelände etwa 1,50 m tief und hatte eine starke Strömung, so dass wir, uns flott auf die Matratzen werfend, vom kalten Flusswasser sofort automatisch abgeduscht, mit heftigen Armschlägen Abstand von den felsigen Uferbefestigungen gewinnend, lospaddeln konnten. Wir lachten uns erfreut über den gut gelungenen Start zu.

Die weitere Fahrt war mit etlichen korrigierenden Steuerungseingriffen von uns beiden Wassersportlern verbunden, da das leicht reißende Gewässer die Richtung der Matratzen mitbestimmte. Das machte aber Spaß, zumal Ingrid und ich manchmal zusammenstießen, so dass es uns drehte und wir mit dem Verbleib auf den Liegen zu kämpfen hatten. Als nach etwa zwei Kilometern schon eine gewisse Langeweile auftrat, kam rechts der auf mich romantisch wirkende Einlauf des schmalen Nebenflusses Eyach in Sicht, die von Oberhausen her in die Ammer mündet. Da bot es sich an, die Gelegenheit zu nutzen, unseren Ausflug in der Art einer verkleinerten Amazonas-Erkundung umzugestalten und die gleichförmige Weiterfahrt eine halbe Stunde zu unterbrechen. Wir ruderten mit heftigen Armschlägen beim Verlassen der Strömung in das bräunlich schimmernde Moorwasser der Eyach ein, unterquerten ein Holzbrückchen, das wohl ein Begehen von Fischern auf dem verwachsenen Ufer-Pfad ermöglichen sollte, und schwänzelten auf unseren wackligen Unterlagen in die erste Flusskrümmung hinein. Die Böschung am Rand war hoch und lehmig, aber eben deswegen interessant. Alles wirkte erfreulich naturbelassen. Wir schmunzelten zufrieden als Neuentdecker von unzerstörter Umwelt. So kam mir – durch erhebendes Naturgefühl beeinflusst – die Idee, selbst Amazonas-Indianer zu spielen. Ich entledigte mich also, während Ingrid vor mir ihr Gefährt weiter vorwärts schaufelte, meines Badehöschens, stopfte es unter meinen Bauch und rief meiner Begleiterin dann scherzend zu: „Schau her, hier kommt ein echter Wilder!"

Sie blickte zurück, doch die vorher unbefangen strahlenden Gesichtszüge wandelten sich sofort ins Ernste. Das traf mich! Damit hatte ich keineswegs gerechnet. Ich hätte Gleichziehen im erotischen Spaß erwartet. So kamen aufstrebende Emotionen gleich wieder zum Stillstand. Ingrid tat nichts, um sich meiner Nacktheit anzupassen. Sie ruderte – offensichtlich überrascht über meinen Spaß weiter voraus, ohne die neue Sachlage zu kommentieren. Immerhin sagte sie nichts. Doch ich spürte ihre Befremdung. Menschen nehmen ja auch – ohne dem Partner ins Gesicht zu sehen – starke Gefühle oder gar elektromagnetische Gehirnströme wahr. Sollte sie also, obwohl sie freiheitlich erzogen wurde, evangelisch war und mir vor kurzem gar einen Sex-Witz über ´das Müssen´ eines Grafen Orgas erzählt hatte, durch meinen spontanen Einfall geschockt worden sein? Aber außer einem nackten Hinterteil war doch überhaupt nichts zu sehen gewesen. Oder hatte sie etwa meinen harmlosen Scherz bitterernst empfunden und dachte ihrerseits, ich hätte, falls sie sich auch als Urwaldbewohnerin entkleidete, mehr beabsichtigt? Mir wurde zusätzlich bewusst, dass ich sie wahrscheinlich überforderte. Denn ich hielt ja FKK für eine harmlose Sache unter Sonnen-, Luft- und Wasserfreunden. Das musste aber für Ingrid noch eine fremde Welt gewesen sein. Sie konnte nicht wissen, dass eine kurzzeitige Nacktheit etwas Seriöses ist, fern von unmittelbaren sexuellen Absichten! Auf diesem Gebiet tickten wir wohl unterschiedlich. Ich hatte auch vergessen, dass höchstens 5 % der deutschen Bevölkerung von gelegentlich zu praktizierender Freikörperkultur etwas hielten, und ohnehin kaum jemand ein geeignetes, offizielles Gelände dafür kannte. Außerdem weiß man ja, dass Statistiken ohnehin fraglich sind und dass Interviews an wirklich bewiesenen Meinungen oder noch ferner liegenden tatsächlichen Verhaltensweisen nichts Felsenfestes erbringen. Viele Leute sagen etwas, was im Moment gut klingt oder von aufgeklärt auftretenden Menschen erwartet wird; wobei es stets Personen gibt, die etwas zunächst noch unmoralisch Erscheinendes gerne vollführen würden, jedoch Angst haben, dass eine offene Befürwortung sie entlarven könnte und sie aus dem Deckmantel hochsittsamer Bürgerlichkeit herausfallen würden. All diese inneren Abschweifungen brachten mich dazu, beim schnellen Heruntergleiten von meiner Matratze wieder ins Höschen zu schlüpfen, um die jetzt peinliche, unangenehme Sachlage wieder ins Lot zu bringen. Das hielt jedoch meine anderen Nebengedanken nicht davon ab, den runden, eigentlich kaum behosten Sportpopo meiner weiter vor mir dahingleitenden Begleitung für bewundernswert zu empfinden. Andererseits hatte ich mich schon im Schwimmbad darüber gewundert, dass diesem imponierend muskulösen Hinterteil nicht ein entsprechender Kugelbusen als Äquivalent gegenüberstand. Als bemerkenswert kesse Verwegenheit hatte ich beim ersten Anblick schon den Kinderbadeanzug Ingrids gedeutet, aus dem sie bestimmt schon seit einigen Jahren herausgewachsen war, weil aus ihrer Leistengegend viele Schamhaare links und rechts vom gar zu schmalen Zwickel herausspitzten. Als diese Erinnerungen und Überlegungen in meiner inneren Wahrnehmung vorüberzogen, deckten dicke, graue Wolken die Sonne ab, so dass es kalt wurde und unsere nassen Körper beiderseits sichtbar fröstelten.

Da sich die äußere Situation auch auf die bereits getrübte innere auswirkte, waren wir über den bestimmt gleichzeitigen Entschluss nicht traurig, jetzt schon umzukehren, die Ammer zu überqueren und gleich auf dem Fahrweg der anderen Seite mit den Luftmatratzen unter den Armen zum Schwimmbad zurück zu marschieren. Es kam keine rechte Unterhaltung mehr auf. Beide fühlten wir, dass etwas schief gelaufen war, ohne dass einer von uns klar schuld daran war. Seit dieser Flussfahrt versandete auch unsere Freundschaft. Wir merkten beide, dass es für eine feste Beziehung zu früh war. Wir wollten eigentlich noch frei und ungebunden bleiben. Wir hielten uns seither wieder an die Freunde des gleichen Geschlechts aus unseren Schulklassen. Probleme sollten warten. Wir grüßten uns als gute Bekannte, bis wir uns nach dem Schulabschluss im Zuge von Berufsausbildung und Studium aus dem Auge verloren. Die Erinnerung an die zugespitzte, ins innerliche Drama abgeglittene Situation hielt sich gewiss nicht nur bei mir, sondern auch bei Ingrid im Gedächtnis. In der Rückschau ging bei mir die Assoziation von Peinlichkeit verloren. Die Dialektik von Wagnis und Vorsicht, von Entschluss und Offenheit blieb und wurde in kommenden Jahren bei fortgeschrittener Reife in neuen lockeren Partnerschaften auf anderer Ebene erlebt und reflektiert.

Der Badweiher

Ein Ausflug mit meinem im Alter von 20 erworbenen kleinen Auto schien mir für diesen schönen Juli-Vormittag angemessen. Endlich konnte ich Gegenden im weiteren Heimatbereich erschließen, die mir als bisherigem Radsportler unbekannt geblieben waren. Ich wollte zum Walchensee und orientierte mich ab „Schlossberg" in Richtung Kochel. Hinter einem Bauerndorf in Sichtweite eines größeren Gebäudes führte die Straße links an einem tiefer liegenden romantisch gelegenen Weiher vorbei, der mich sogleich in Bann zog. Die Wasserfläche erstreckte sich etwa in der Länge auf 600 Meter, in der Breite auf 300 Meter hin. Rundherum wechselte sich Tannenwald, Wiesen und kleine Sandstreifen am Ufer ab.

Da musste ich einfach spontan anhalten, mein kleines Gefährt je zur Hälfte auf Straßenrand und Kuhweide einparken und zum Ufer hinuntereilen, um ein bisschen zu schwimmen und mich am Uferstreifen gegenüber von der Sonne trocknen zu lassen. Rasch hatte ich mich der Sandalen, des T-Shirts sowie meiner Shorts und Unterhose entledigt und watete nackt ins warme bräunliche, moorige Wasser. Der Boden des Weihers fühlte sich körnig und hart an, überhaupt nicht schlammig, wie es ansonsten kleinen Gewässer in abgelegenen Landschaften zu eigen ist. Kurz mit ein paar Spritzern Wasser per Hand war ich abgekühlt und schwamm freudig auf den gegenüber liegenden verlockenden, schmalen Stand zu. Weiter draußen stellte ich die raschen Kraulzüge ein, um mich per langsamem Brustschwimmens neu zu orientieren. Jetzt war es möglich, am Rand des Tannenwäldchens zur Linken vorbei zu blicken und das ganze Gewässer nach Süden hin zu überschauen. Ich identifizierte das umfängliche Bauwerk im Süden hinter in den dort ebenen Weideflächen als ein recht umfängliches landwirtschaftliches Gehöft aus mehreren Gebäudeteilen, wohl Bauernhof mit Stallungen, Maschinenhalle und Scheune, wie ich resultierte. Da wollte ich mir einen kleinen Abstecher zugunsten der Längserkundung des Weihers und der besseren Sicht auf die Bauten erlauben, zumal es im Wasser sehr angenehm war. Bald erschloss sich linker Hand noch eine Bucht, wo ich zunächst mit gerader Linie gerechnet hatte. Und völlig überraschend - dies noch am Vormittag zur besten Arbeitszeit der Landbevölkerung – machte ich ein hölzernes quadratisches Badefloß aus, auf dem sich vier erwachsene Frauen, drei angetan mit schwarzen ganzteiligen Badeanzügen, eine jüngere mit weißem Bikini, sonnten. Da zog mich meine

Neugierde unaufhaltsam näher hin. Als ich auf den Ponton zusteuerte, hätte ich es noch für möglich gehalten, dass ich von so einer Damengruppe eventuell aufgefordert worden wäre, mich doch auch, falls ich keine Angst vor Frauen hätte (so ähnlich pflegen es erfahrene Frauen in Gruppe manchmal witzig scheuen jüngeren Männern zuzuraunen), zu ihnen für eine kleine Rast mit feinanzüglicher Plauderei zu gesellen. Eine ähnliche Reaktion hatte ich vor einigen Jahren in unmittelbarer Nähe erlebt, wie eine reife Frau aus der Bekanntschaft meiner Mutter tadelnd zu mir sagte, als ich mich wegen einer Grippe im warmen Wohnzimmer für die Nacht umkleiden musste und mich dabei schamhaft umdrehte: „Du brauchst dich doch beim Umziehen nicht zu genieren, ich schau dir schon nichts weg!"

Doch es kam anders. Bald befand ich mich, nun besonders langsame Schwimmzüge setzend, erwartungsfroh lächelnd in unmittelbarer Nähe der hölzernen Insel, da konnte ich den vier Frauen genauer in die Gesichter sehen: eisige Ablehnung, strengste stumme Drohung, Abscheu! Sie hatten wohl von oben deutlich diagnostiziert, dass es sich bei diesem einladungsbereiten Wassersportler um einen splitternackten, offenbar völlig hemmungslosen Mann handele. Die Blicke dieser Amazonen, sogar der Bikini-Jungfer, trafen mich wie Sperrfeuer! Sofort wollte rückwärts schwimmend eilends davon. Da blitzte mir der Gedanke auf, dass diese feindselige Gesellschaft dann gleich zu empörten, auch beim Bauernhof hörbaren Hilfeschreien greifen würden, wenn sie nun gar meine Vorderfront aus der kurzen Entfernung in Gänze wahrnähmen; was zur Folge hätte, dass ich gar als Sittlichkeits-Unhold zuletzt noch nach Beiziehung eines der diesen Tugendwächterinnen hörigen starken Hofknechtes polizeilich erfasst und juristisch belangt werden könnte. So wendete ich mich blitzschnell um, zeigte also in diskreter Erfordernis die beiden Geschlechtern gemeinsam gleiche Rückseite und trat eilends den Rückzug an. Auf der Flucht zum Startpunkt wurde mir auch klar, dass meine Umkehr in der Seitenwende meines Bruststils den Vorteil hatte, dass mein Gesicht wahrscheinlich nicht deutlich erkennbar geblieben sei, zumal sich der Argwohn und die Aufmerksamkeit dieser Mannesverächterinnen gewiss auf meine Körpermitte konzentriert hatte. Solche Personen wittern Schlechtigkeit, besonders von Männern, schon von weitem und sehen diese dann von nahem bestätigt. Die ursprüngliche Absicht, mich auf dem gegenüberliegenden Sandstreifen von der Sonne bescheinen zu lassen, gab ich auf. Jegliche Lust auf harmlosen Leibesgenuss war mir nach diesem Schreck über moralistische Verurteilung schöpfungsmäßig verursachter Eigentümlichkeit von zwei Menschensorten vergangen. Ich sah durch dieses Negativ-Erlebnis meine Wahrnehmung bestärkt, dass Weiher und Bauernhof zusammengehörten und es sich bei dieser unangenehmen Frauengruppe nicht um Urlauberinnen handeln könne. Dem normalen Leben samt seinen durchaus bescheiden-lüsternen Gefühlen war hier kein Spielplatz durch weltliche Natürlichkeit gestattet.

Als ich mein Auto erreicht und sofort gestartet hatte und weiter in die mir bisher unbekannt gewesene Landschaft hineinfuhr und von der höher gelegenen Straße auf andere Gehöfte im Hintergrund blicken konnte, fiel mir ein ungewöhnlicher Doppelkirchturm und ein zugehöriges riesiges Anwesen auf, das mir als altes Kloster vorkam, äußerlich in gutem Zustand; vermutlich sogar noch bewohnt und in Betrieb. Daraus erwuchs mir allmählich eine stimmige Erklärung für das Vorgefallene! Ich trat fest aufs Gaspedal und nahm Kurs auf das kleine Kochel, wo sich schließlich mein durcheinander geratenes Gefühlsleben in einer kleinen Eisdiele beruhigte.

Ein Sportstudio

Heutzutage liest man viele Ratschläge für gesünderes Leben. Man ist vor allem nach einem Arztbesuch bereit, mehr für eine bessere Kondition zu tun. Moderne Sportstudios versprechen Muskelaufbau, Gewichtsabnahme und zusätzlich gesteigertes Wohlgefühl. Da kannst du nicht nein sagen. Kaufe dir geeignete schwarze oder bunte Trainingskleidung, neonfarbene Turnschuhe und ein Sitzhandtuch, fülle an der Rezeption den Jahresvertrag aus, ziehe im getrennt-geschlechtlichen Umkleideraum vor deinem Spind (sonst ist alles gemischt-geschlechtlich) die Sportsachen an und gehe in die Trainingshalle. Die Einweisung in die für einen Anfänger geeigneten Geräte ist kostenlos, einen Plan für die zu wählende Belastung und die Zahl der Übungssätze bekommst du angeboten. Nimm dir bei den Kraft- und Ausdauerübungen Zeit, mache Pausen zum Durchatmen und wechsle die Gewichte und Maschinen überlegt ab, je nachdem welche Körperzonen du besonders konditionieren willst. Wenn du nach einer Stunde Plage genug hast, musst du unbedingt in den Saunabereich, wo du dich zuerst duschst, dann zwischen Dampf- und Heißsauna wählst und dich zum Schwitzen auf ein mitgebrachtes großes Handtuch setzt. Schweige still, nicke weiteren bereits drinsitzenden oder neu Platz nehmenden Sportskollegen knapp zu und beobachte die anderen, vielleicht bereits wohlproportionierten männlichen und weiblichen Körper in gebotener Unauffälligkeit. Du wirst ausgesprochene Bodybildner zu Gesicht bekommen, die wegen deiner anerkennenden Blicke sich im Kraftsport und der Zugabe nötiger Eiweiße bestätigt sehen. Einige Täglich-Trainierer schaffen es tatsächlich, Oberarm-Umfänge in der Dicke von normalen Oberschenkeln zu erreichen. Diese Männer finden es dann auch zusätzlich schick, wenn die mächtigen Muskulaturen mit interessierenden Tätowierungen ausgestattet sind. Die gibt es mittlerweile nicht bloß tintenblau, sondern farbig; nicht nur mit realen Frauengesichtern, sondern surreal, science-fiction-mäßig – also in der Art Kampfamazone auf Flugdrachen reitend. Falls du selbst weiblich bist, wirst du von solchen Typen vermutlich eher abgeschreckt; als Mann fühlst du dich bei solcher berstenden Kraft leider nur als schlaksiger Büro-Wallach und blickst beschämt an dir hinunter. Es ist aber nicht gesagt, dass jegliches Körperteilchen denselben Umfangszuwachs hat wie Arme, Rücken und Schenkel dieser ausgesprochenen `Kraftmeier´. In die Gemischt-Sauna, die im Normalbetrieb üblich ist, gehen selbstverständlich überwiegend Personen jeden Alters, die den für alle in Aussicht gestellten Gewinn an verschönerten Körperproportionen aufweisen können (bei angeratenem regelmäßigen Übungen, die auf jeden Fall mindestens zweimal wöchentlich stattzufinden haben). Auch angesichts solcher bereits für den Alltagsgebrauch genügend perfekter Leiber wirst du im Vergleich mit Fortgeschrittenen den Ansporn empfinden, eifrig in den Anstrengungen weiterzumachen, weil merklich Fett schwindet und die richtigen Stellen im Sinne griechischer und bestimmt überzeitlicher Schönheitsideale strammen Zuwachs bekommen. Es empfiehlt sich, nur völlig unauffällig die Blicke schweifen zu lassen, um ästhetische Vergleiche anzustellen oder gar subjektives Wohlgefallen an einem männlichen oder weiblichen Saunagast aufkommen zu lassen. Im gemeinschaftlichen Schwitzbad bietet sich für eventuelle Partnersuche die hervorragende Chance, Irrtümer in Sachen körperlichen Gefallens oder Missfallens zu vermeiden. Du musst im wahren Wortsinn „keine(n) Katze (Kater) im Sack kaufen"! Wenn du ehrliches Interesse an einer neuen Beziehung hast - falls eine alte überhaupt vorhanden ist - wäre es für das Vorhaben einer festen Partnerschaft anzuraten, dass du am selben Wochentag zur selben Zeit wiederkommst, wenn du einen dir sympathischen Menschen, der auch dir beim Geräteziehen ein einladend erscheinendes Gesicht gezeigt hat, näher kennenlernen willst. Die meisten Mitglieder halten sich nämlich an individuell festgelegte Trainingstermine. An nebeneinander stehenden Kraftmaschinen lässt sich dann leicht das unter Umständen weiterführende Gespräch beginnen und die Sportfreundschaft nach zweiseitigem Belieben erweitern. Übrigens ist kein einziger Fall einer sexuellen physischen und verbalen Provokation oder gar eines Übergriffs innerhalb eines Sportstudios aus einer veröffentlichten Kriminalstatistik bekannt. Das beweist, dass allein schon die Gruppe schützt und unpassende Gefühle zurückhält. Zudem reißen sich alle Sportler, die vom Saunaangebot Gebrauch machen, moralisch bewusst zusammen und geben niemandem Anstoß. Selbst mit Komplimenten gegenüber dem anderen Geschlecht halten sich alle zurück. Höflichkeit und Distanz sind angebracht und prägen die vorherrschende gelassene, auf die Körperschulung ausgerichtete Atmosphäre. Nur an einem einzigen Wochentag ist reine Frauensauna anberaumt. Das verwundert zunächst bei all der offenen Liberalität, wo ansonsten alle Männer und Frauen gemeinsam unbekleidet duschen und dann zusammen entweder in der Heiß- oder Dampfsauna sitzen. Das hat den nachvollziehbaren Grund, dass die vielen unter uns wohnenden mohammedanischen (vorwiegend türkische, aber auch einige deutsche) Frauen, gemäß ihrer strengen Sittlichkeitsbegriffe unter sich sein wollen und wegen der nötigen innerfamiliären Erlaubnisse ihrer Männer auch müssen. Die können dann einen Teil ihrer gewohnten Hamam-Rituale mit Einseifen, Bürsten und Ruhen pflegen, wenn auch nicht solche herrlichen Säulen- und Mosaikhallen mit marmornen Liegebänken und ständig sprudelnden Wasserquellen, wie diese in ihrem Stammland existieren, vorzufinden sind. Manche der insgesamt wohlgestalteten, durch Training und beherrschte Ernährung gut erhaltenen oder reformierten Figuren sind erstaunlicherweise ganzkörperlich gebräunt – dies sogar im Winter und im Frühjahr. Das rührt daher, dass in jedem modernen Sportstudio einige Solarsonnen in Einzelkabinen gegen gesonderte Gebühr und mit Mahnung für vernünftige Gebrauchsanweisung aufgesucht werden können, welche die gewünschte Gesundheit und Körperbewusstsein ausstrahlende Bräunungstiefe ermöglichen. Jene Männer, die meinen, sie könnten sich, durch zu viel Bier und Braten gar zu umfänglich geworden (obwohl sie selber gerne nackte Damen neben sich sähen), nicht in der Gemeinschaftssauna sehen lassen, rotten sich nach Vereinbarung ebenso an einem selbstbestimmten Wochentag zu einer Zeit spärlichen Betriebs am Vormittag oder frühen Nachmittag zusammen und haben dann durchaus Gelegenheit, ein langes Schwätzchen zu pflegen, wie man es früher (wohl zu Unrecht) ausschließlich den `Weibern´ nachgesagt hat. Insgesamt gilt für jedes Sportstudio in Stadt und Land: Muskeltraining und maßvoller Schönheitskult im ungezwungenen Aufeinandertreffen beiderlei Geschlechter jeden Alters haben nachweislich positive Auswirkungen sowohl für passable Gestalt, körperliche und geistige Leistungsfähigkeit als auch für das übergreifende Wohlbefinden! Wer meint, diese Sachbeschreibung läse sich ja wie ein Werbeprospekt, liegt nicht ganz daneben. Sich konditionell fit zu erhalten oder neu Wohlgestalt zu erlangen, sollte durchaus Grundbedürfnis sein; zumal beim heutigen Zeitmangel für irgendeinen Vereinssport oder bei vorwiegend sitzender Berufstätigkeit. Die Effekte wirken sich auch stabilisierend für die Psyche aus. Du entdeckst dich als ganzheitliches Naturwesen. Du kannst nicht zuletzt psychophysische Selbstheilung bewirken.

Die Zystoskopie

Die Diagnose meines Weilheimer Arztes für Innere Medizin Dr. Ulrich B. war nach meinem nächtlichen Kolikanfall und der folgenden Untersuchung mit Urinbefund und Röntgenbild eindeutig: „Sie haben in der hydronephrotisch erweiterten Niere rechts zwei kleine Nierensteinchen am Ausgang zum Harnleiter! Sie müssen sofort zu einem Facharzt nach München." Sofort wurde per Telefon ein zweistündiger Untersuchungstermin bei einem Spezialisten vereinbart, bei dem ich mich – in fürsorglicher Begleitung meiner Mutter – ein paar Tage später in dessen Praxis in Bahnhofsnähe einfand. Der bebauchte ältere Herr Dr. J., ein Fachmann für Nierenerkrankungen aller Art, empfing mich schon am Tresen seiner Praxis, begleitete meine Mutter ins Wartezimmer mit den Worten, dass sie sich auf eine längere Wartezeit gefasst zu machen habe, und dirigierte mich in eine hölzerne Umkleidekabine, wie man sie damals auch noch im Münchner Volksbad zu Gesicht bekam, mit dem Befehl: „Ziehen Sie sich bis auf die Strümpfe vollständig aus! Ich rufe Sie gleich auf."

Ich tat dergleichen und war froh, dass es in den Praxisräumen Anfang Dezember nicht so kalt war wie im Zug und draußen auf der Straße vor dem alten, riesigen Wohnblock. Nachdem jemand an die Türe der Zelle geklopft und meinen Namen genannt hatte, öffnete ich und stand einer weißgekleideten Arzthelferin in mittleren Jahren gegenüber, die mich im mir riesig groß erscheinenden Behandlungsraum zu einer Liege führte, auf der ich rücklings Platz zu nehmen hatte. Dort nahm mich, den 20-jährigen Jungstudenten, eine Arzthelfer-Azubi im Alter von etwa 18 Jahren in Empfang, die meine Körpermitte mit einem schweren sattelähnlichen Lederdeckel bedeckte, um mein Erbgut vor den schädlichen Röntgenstrahlen zu bewahren. Dieses Gewicht war durchaus günstig, um meine aufkommende Erregung vor dem hübschen, betont sachlich agierenden Mädchen im weißen Berufskittel zu bändigen. Ich spürte freilich kein ausgesprochenes Lustgefühl, eher Scham in Kombination mit Angst, weil mich diese ganze Szenerie schon meine Einlieferung in einen Operationssaal befürchten ließ. Freilich hätte ich als freier Mensch im Zivilleben lieber mit dieser Assistentin flirten wollen, aber als nackter Patient, der mit zwei Handgurten am Untersuchungstisch angebunden war, überwogen Befürchtungen vor dem vielleicht nach jetzigem Bulletin im Krankenhaus fällig werdenden Chirurgenwerkzeug. Mein inneres Bedauern über die missliche Lage wurde unterbrochen vom vertrauenserweckenden Dr.

J., der nach dem ersten Röntgenschuss, wo sogar Atmen eine halbe Minute verboten war, die Ledermanschette hochschob und, mit Plastikhandschuhen Distanz zu meinem Körper und seinen Urologenfingern herstellend, das Zystoskop in seiner Rechten schwenkte, um kurz zu schauen, welcher Durchmesser des Instruments für meinen nicht sehr ausgeprägten Penis geeignet wäre. Er hatte offensichtlich drei Untersuchungsinstrumente unterschiedlicher Dicke zur Auswahl. Dann legte er den zu meiner vorübergehenden Erleichterung dünnsten - einen halben Meter langen Sichtdraht, über dessen Funktion mich meine Mutter und Dr. B. („Ein Honiglecken ist eine Zystoskopie nicht!") schon informiert hatten – bereit und griff nach einer überdimensionalen, altertümlichen Holzspritze, um von meiner Penisspitze aus ein Kontrastmittel für die weiteren Röntgenaufnahmen einzudrücken. Um ein Aufbäumen meines Körpers wegen Ängsten und Schmerzen zu verhindern, presste die ältere Assistentin meine gespreizten Beine fest auf die Liege, während die jüngere den ausgewählten Sichtdraht bereits in ihren ebenso mit Hygienehandschuhen bewehrten Händen hielt. Dann musste ich unter Seufzen, doch mannhaft durchhaltend, geschehen lassen, was medizinisch für eine sorgfältigen Diagnose notwendig war. Ruckweise – unter beruhigenden Floskeln des Arztes („Gleich ist das Ärgste überstanden") – sollte das Gerät bis zum Nierenausgang hochgeschoben werden, während der Arzt aufmerksam in seine Lupe am Geräteende starrte. „Jetzt blockiert etwas, weiter komme ich nicht hinauf", beschied mich Dr. J. unvermittelt und machte noch einen Röntgenschuss zum physiologischen Fundus. Er ordnete, besorgt wirkend, eine Ruhepause an, um den Abbau des Kontrastmittels abzuwarten, wofür mein fröstelnder Körper immerhin in eine graue, harte Decke gehüllt wurde. Das Zystoskop blieb an Ort und Stelle, weil mit einem anderen Röntgenapparat noch Trockenaufnahmen gemacht werden sollten. Der Arzt widmete sich während der Behandlungspause in einem anderen Zimmer weiteren Patienten mit kürzeren Behandlungszeiten. Die ältere Assistentin verschwand mit ihm, die jüngere sollte auf mich aufpassen.

Gute Unterhaltung kam von keiner Seite aus zustande, weil mir leider zu wenig dafür zumute war und weil die Azubi darauf achten musste, dass ich mich nicht bewege, damit sich das Instrument nicht verschiebe. Nach eineinhalb Stunden hieß es die Röntgenliege zu wechseln, die sich an der anderen Wandseite des Raumes befand. Weil das Zystoskop noch 20 cm aus meinem Penis herausragte, kam es beim ersten Versuch des Hinübergehens zu größeren Schwankungen des Geräts, die schmerzhaft waren. Da musste die Assistentin knapp vor meiner Männlichkeit den Schaft des Sichtrohres umfassen, um mich in gebotener Diskretion sachlich zum zweiten Röntgengerät zu geleiten. Diesen Vorgang empfand ich äußerst beschämend. Erste Handgreiflichkeiten seitens eines jungen weiblichen Wesens hätte ich mir anregender vorstellen können! Diesmal wurde der Ledersattel nicht mehr auf die Keimbahnen gelegt, da nur mehr der Nierenbereich belichtet und den gefährlichen Strahlen ausgesetzt wurde. So konnte vom wieder auftretenden Dr. J. exakt eine bei mir vorliegende Verengung des Harnleiters nahe dem Ausfluss des rechten Organs diagnostiziert werden. In Voraussicht von gewiss peinlichen Prozeduren hatte ich einen gleichaltrigen Arztsohn aus meiner Klasse gefragt, wie denn ein männlicher `Zipfel´ oder `Schwänzchen´ in medizinischer Fachsprache zu benennen wäre, und ich bekam die Auskunft, dass es `Glied´ oder besser `Penis´ (lat.) heißen müsse. So blieb mir wenigstens eine sprachliche Unannehmlichkeit erspart. Als endlich das Röhrchen aus dem besagten Körperteil herausgezogen wurde, ging der Arzt vielleicht etwas zu vehement vor, so dass einige Blutstropfen mit zum Vorschein kamen. Mir wurde erklärt, dass eventuell eine Bakelitfaser des Sichtrohres im Harnbereich eine Schramme verursacht habe oder dass von einem der beiden Nierensteine ein Bröselabrieb in den Untersuchungsbereich eingedrungen sei. Die verlangte Auskunft, woher denn solche Steine kämen (die übrigens auch beim gleichaltrigen Fußballstar Franz B. zur selben Zeit festgestellt wurden), wurde abschlägig beschieden mit den Worten, dass Dr. J. in seiner Studienzeit zu diversen Ursachen eine fünfstündige Vorlesung besuchte, die zu keinem eindeutigen Ergebnis geführt habe. Da der Urologe jetzt sicher sein wollte, dass die aufgetretene Blutung nichts Schlimmes bedeute, musste ich noch unkompliziert eine Zeit lang weiterhin nackt auf dem Schreibtisch des Arztes sitzen bleiben, wobei Dr. J. gelegentlich meinen arg geschundenen Penis scharf ins Auge fasste, während er das Untersuchungsprotokoll ausfertigte.

Als alles für passabel verlaufen gedeutet wurde, durfte ich mich wieder ankleiden und konnte meine besorgte Mutter beruhigen, die wegen dieser langen Diagnostik in große Aufregung geraten war. Mir wurde leise zugeraunt, dass mein Weilheimer Internist Dr. B. den Befund samt Bericht per Post bekomme. Der laut gesprochene Rat, der auf mich als eine Drohung einschlug und mich in den folgenden 5 Jahren bis zur OP arg belastete, hieß: „Die Steine gehen nach 3-tägiger Medikamenteneinnahme ab. Wenn aber Blutungen auftreten, dann sofort ins Krankenhaus!" Dieser Schock saß tief, und ich fasste den Vorsatz, derartige Symptome bis zum Studienabschluss mannhaft zu verschweigen. Ohne ein Abschlussexamen wollte ich mich keinesfalls unter ein Chirurgenmesser begeben.

Die Massage

Da ich während meiner morgendlichen Zugfahrten zum Germanistik-Studium an der Münchner Ludwig-Maximilians-Universität gerne die Abendzeitung las, um mich vielseitig (Kauf am Weilheimer Bahnhof) und schnell über die Neuigkeiten des Vortages zu informieren, stieß ich immer wieder auf farbige Kleinanzeigen mit dem Inhalt „Ganzkörpermassagen – gesund und preisgünstig". So wählte ich im Alter von 23 Jahren eine der Telefonnummern, um so einer Wohltat, die ansonsten Leuten mit Rückenbeschwerden ärztlich verschrieben wurden, teilhaftig zu werden. Akzeptabler Preis und Adresse eines Institutes waren also gleich in Erfahrung gebracht, der Termin unter beidseitiger Namensnennung vereinbart, und schon durfte ich mich eine Stunde später an der Empfangstheke des Betriebs in einem der alten Hochhäuser der Innenstadt einfinden.

Zuerst war dort die Gebühr bei der älteren Dame an der Rezeptionstheke fällig, dann kam aus einem der beiden Behandlungsräume eine weißgekleidete Frau mittleren Alters mit intensivem Blick und starkem Begrüßungshändedruck zum Vorschein, die mich zu einer hölzernen Liege im gerade frei gewordenen Massageraum geleitete und mich zum Entkleiden aufforderte und mir sagte, ich solle mich dann mit der Bauchseite auf das neu ausgebreitete große Handtuch legen. Ich tat wie geheißen und bemühte mich angesichts der sachlich-medizinischen Situation, keinerlei animalische Gefühle aufkommen zu lassen. Natürlich war ich darauf gespannt, wie alles wohl weiterginge; denn eine Körperbehandlung in einer Altbauwohnung ohne ärztliches Schild neben Türe und Klingel schien doch eigenartig. Angst kam nicht auf, doch die Anspannung über das Kommende trübte etwas die Vorfreude. Plötzlich in einer fremden Behausung nackt einem im Großen und Ganzen unbekannten Geschehen ausgeliefert zu sein, lässt durchaus den Pulsschlag ansteigen und Skepsis gegenüber der eigenen Verwegenheit aufkommen. Ich redete mir meine andrängenden Bedenken selbst aus mit dem stillen Hinweis auf die Tatsache, dass es viele derartige offene Angebote gebe und gewiss viele Leute den Schritt zu einer medizinischen Verschreibung mehr scheuen würden als ein Privatangebot ohne jede Umstände und Voruntersuchungen. Als die Masseurin wiederkam, rieb sie ihre Hände mit einem Spritzer Bodylotion, begann mit der Behandlung von Nacken und Schultern, setzte fort mit kräftigem Quer- und Längsreiben meiner rückseitigen Körpermitte. Das Durchwalken der

Gesäßmuskulatur tat mir gut. Ab und zu streifte sie mit ihren öligen Händen, die aber dennoch rau wirkten, von oben bis unten ganz durch, was bei mir einen zusätzlichen wohligen Prickel auslöste. Auch die Fußsohlen wurden nicht ausgelassen, sondern Zentimeter um Zentimeter besonders fest geknetet, was ich noch nie erlebt hatte – wie das meiste an dieser Massage - und sehr angenehm fand. Ich konnte bis dahin bereits gut verstehen, dass Leute mit orthopädischen Problemen mittels Abgreifen, Drücken und Zwacken merklich rehabilitiert werden konnten. Aber die Erlebnisse erfuhren eine weitere Steigerung, als es an die Vorderseite meines Körpers ging. An den Armen wurde bis auf die Knochen erbarmungslos durchgegriffen. Die Brust erfuhr ein wellenartiges Querrubbeln von links nach rechts und umgekehrt. Am Bauch ging die bisher handfeste Frau vorsichtiger zu Werke, weil sie gleich sah, dass hier kein sportgestählter Ursus mit Sixpack Muskeln vor ihr lag, sondern bloß ein Bücherwurm, der gelegentlich leichten Ausgleichssport betrieb. Der `Strafraum´, wie sich ein Fußball spielender früherer Klassenkamerad auszudrücken pflegte, blieb unbehandelt, allerdings kam es beim schnellen Durchstreifen der Längsseiten von den Schultern bis zu den Zehen zu wohl absichtslosen kurzen Berührungen ihrer Unterarme mit meinem in gewisse Unruhe versetzten Penis. Ein sexuell unerfahrener Jüngling kann sich halt trotz größter Mühe für Abregung und Konzentration auf bloße Gesundheitspflege nicht total zurückhalten. Es gibt einfach naturhafte Nerven- und Muskelreize, die sich dem befehlenden Willen nie völlig fügen. Das wirft philosophische Fragen auf, ob dies in den genauen Abläufen der personale Schöpfer oder die auf sich allein gestellte Natur gewollt hat? Die Geisteswissenschaftler reden zu dieser Thematik ja steril und abstrakt darüber und sortieren das Phänomen unter Willensfreiheit und Determination ein. Die Biologen sprechen von willkürlichen oder unwillkürlichen Muskelkontraktionen. Das Anpacken meiner Oberschenkel tat den leicht verhärteten Strängen gut. Befremdlich wirkte dabei, dass die Masseurin ohne jegliche Zurückhaltung bis in die Leistengegend vordrang und dabei an die Hodenseiten stieß. Ich dachte, dass es wohl diverse Unterschiede zwischen ärztlich attestierter Physiotherapie und solch privatimer Behandlung gebe! Ein bisschen mehr an Anzüglichkeit im ausgezogenen Zustand wird dann vielleicht der wahre Grund sein, dass solche schlichten Appartements bestimmt häufiger aufgesucht werden; was dann auch erklären würde, dass die entsprechenden Werbeannoncen in den Boulevardblättern fast eine komplette Seite füllen.

Mir erschien mein Ausflug in rasch vollzogene Renaturierung meines Studentenkörpers fertig zu sein, als die wortlos und konzentriert agierende Frau unvermittelt den zentralen Punkt meiner Leibesmitte ins Auge fasste und emotionslos sagte: „Zugabe kostet 10 Mark extra". Da war ich im Moment vollkommen konsterniert, und mein Mund formte irgendwie ohne mein Zutun die spontane Abwehr: „Nein danke, ich bin genug entspannt!" Es war nicht nur die Preiserhöhung um 30 %, die mich zurückschrecken ließ, sondern das mir auf die Schnelle unerwartet unsittliche Angebot an sich! Es meldete sich wohl aus dem Unbewussten heraus ein inzwischen erworbenes, wenn nicht gar von Jugend an vorhandenes Stilempfinden oder auch Gewissensskrupel über Ungehöriges oder gar Verrat an Manneswürde, die eigentlich einen direkten Vollzug eines Geschlechtsaktes fordert, wenn diese Situation in heiratsbereiter Partnerschaft einmal anstünde. Total versachlichte und banalisierte Sexualität ohne partnerschaftliche Gefühle gleichwertiger Anerkennung und von Liebe erschien mir im überraschend und überfordernd angefragten Augenblick ganz und gar unpassend. Sex ist nicht einfachhin eine Angelegenheit von geschäftsmäßiger Abwicklung, sondern von Begehren und Wertschätzung zwischen Mann und Frau. Das wollte ich mir immer schon für ein geliebtes Mädchen aufheben, ein vorheriges Einüben wäre mir gar zu tierisch vorkommen. Ich hatte auch die Vorstellung, dass ich unerprobt Neues und Schönes nicht auf solch niedriger Ebene verbrauchen dürfe. Die zu diesem für mich gar zu peinlich erscheinenden Zugriff bereite Angestellte dieses Betriebs war über die Zurückweisung keineswegs beleidigt, sie verlor auch kein Wort - wie es sonst bei einer Leistungswerbung hätte vorkommen können - mit einer kurzen Schilderung der Vorzüge von Nachbehandlung dieser Art. Solch ein Gleichmut, solche Kühle waren zusätzlich total demotivierend für mich. Mir als dem Verweigerer des wohl Üblichen wurde also schnell ohne irgendein Lächeln oder Mundverziehen „ein schöner Tag" gewünscht. Ich dachte beim Ankleiden darüber nicht mehr nach, ob sich ein Aufpreis mit Fortsetzung des doch etwas anrüchigen Erlebnisses gelohnt hätte. Ich wartete nicht am Lift des Hauses, weil ich keinem weiteren Klienten dieses Etablissements begegnen wollte. Ich fühlte mich durchaus muskulär regeneriert, jedoch emotional stark durcheinander gebracht. Die hier erlebte Banalität im zwischenmenschlichen Umgang hatte die hochgespannten Erwartungen zum Betreten einer bisher unbekannten Szenerie zerlegt.

Mit Gewissensbissen über meinen Ausflug in dieses nicht ganz seriöse Milieu eilte ich die Treppen hinunter und suchte ernüchtert und erleichtert das Weite. Ich beschloss, nur noch nach medizinischer Diagnose und Verschreibung ein fachgerechtes Durchwalken meines Körpers anzustreben, falls sich überhaupt jemals die Notwendigkeit einer solchen Behandlung ergeben sollte. Ein krankenversicherter Patient bräuchte überdies kein eigenes Geld für eine angemessene Gesundheitstherapie einzusetzen.

Lady-like

Zusammen mit meiner Verlobten entdeckte ich im Campingführer über Südeuropa den großen Zelt- und Wohnwagenplatz „Lanterna Solaris" in Kroatien, der als FKK-Gelände mit 2 Km langem Meeranschluss in Istriens schönster Lage ausgewiesen war. Wir fuhren mit meinem neuen roten Ford „Capri", ausgerüstet mit Hauszelt, Paddelboot, Luftmatratzen, Decken, Espitkocher und Geschirr gleich nach Beginn der Sommerferien dorthin. Wir staunten, dass die Fahrstrecke von Weilheim bis Porec nur 670 Km via Plöckenpass betrug. So kurz ist der Weg zu einem perfekten Erholungsgelände – wenn auch nur mit Felsstrand -, aber man rafft sich halt nur auf, wenn man zwei Wochen Urlaub vor sich hat. Nach Geländebesichtigung und Zeltaufbau am Abend des Reisetages, wollte ich am nächsten Morgen gleich mit meinem neuerworbenen Plastik-Einer die Buchten abfahren, während meine Begleiterin, sich auf weicher Unterlage am betonierten Ufer sonnen wollte.

Schon beim Einsteigen ins Boot musste ich feststellen, dass alsbald der Erwerb von festen Badeschuhen notwendig würde, weil es neben den kleinen Gesteinsbrocken und bemoosten Platten im Flachwasser geradezu von Seeigeln wimmelte. Daher tappte ich vorsichtig in die nicht von diesen unangenehmen Salzwassertieren besetzten Lücken und hievte mich trotz des Schaukelns meines Gefährtes bei leichtem Wellengang behände in die Bootsluke. Da sollten wir möglichst nie in den nächsten Tagen mit deren langen schwarzen Stacheln der Seeigel Bekanntschaft machen. Die wenigen Leute, die keine Badeschuhe trugen, handelten sich an schon an leicht angerosteten Metallleitern ins Wasser und schwammen dann gleich von der untersten Treppenstufe ohne Bodenberührung los. Die Sonnenfreunde strömten an diesem sonnigen Vormittag schon in großer Zahl ans Stein- oder Kiesufer, da die erdigen Wiesen an den Hängen des Geländes doch weiter vom Wasser entfernt waren. Manche der Familien bauten ihr Tageslager gleich unter den ab Mittag wohl vermehrt begehrten Bäumen der Grünanlagen auf. Das Paddeln im unruhigen Meerwasser war ungewohnt, man hatte andauernd die geradlinige Richtung auszutarieren. Da hieß es ständig, mit kräftigen Schlägen bei steil gehaltenem Paddel zu arbeiten. Ich spreizte mich zugleich mit den Knien fest in den dafür vorgesehenen kleinen Ausbuchtungen an der Bootsoberschale ein, und zusätzlich stemmte ich mich mit den Füßen am deswegen eingebauten Querstange im vorderen Bootsteil ab. Nach einiger Zeit erschien es mir berechtigt – man soll ja mit sportlicher Plage nicht übertreiben-, an einer großen Liegestatt aus glatten Holzplanken anzulegen, um von dort aus, das gesamte Ufergelände vor Augen, einen hübschen Privatplatz für meine Freundin und mich, die wir gerne etwas abgelegen von Lärm und herumspringenden Kindern lesen, auszukundschaften. Meinen hin und her wippenden Klepper-„Arkansas" band ich mit ziemlicher Mühe an einem Eisenring des Pontons mit der an meinem Gefährt vorne vorhandenen Schnur fest und schwang mich, mein Paddel als Stützbalken über Randbrett und Süllrändern der Luke verwendend, auf die Badeinsel. Dort legte ich mich ausgestreckt hin und studierte, noch vor Anstrengung schnaufend, die belebte Küste.

Plötzlich hörte und spürte ich einen leichten Anstoß an den mir entgegengesetzten Teil des Pontons. Überrascht wendete ich mich um und sah den schwankenden Kopf eines Mädchens knapp über die Kante der Liegefläche hinwegragen. Sie saß, was anzunehmen war, in einem Paddelboot, wurde von den Wellen auf und ab gehoben und wusste wohl nicht recht, wie sie das schwierige Festmachen ihres Schiffchens bewältigen konnte. Also stand ich gleich eilfertig auf, schritt zum Bug des anlegebereiten Bootes und zog es mühevoll parallel neben den hölzernen Schwimmkörper. Die etwa 10-jährige Insassin des Paddelbootes mit langer, großer Luke reichte mir eine Schnur, so dass ich ihr Wasserfahrzeug, das der Größe nach für Eltern mit Kind gekauft worden war, an der vorderen Tragekordel und an einem der Halteringe des Pontons festzurren konnte. Ihr Dank bestand in einem kurzen freundlichen Nicken. Das Mädchen war natürlich ebenso selbstverständlich nackt wie all die geschätzt 2000 jungen und älteren Besucher dieses bekannten kroatischen FKK-Geländes. Es legte, ebenso gekonnt wie ich es durchgeführt hatte, das Holzpaddel zur Hälfte auf die Bretter der Liegefläche und wollte das andere Ende hinter ihrem Rücken auf den Süllrändern abstützen, um eine gerade Linie für das Aufstemmen und Heraushieven zu erzeugen. Das gelang ihr aber mangels Eigengewicht und unzureichender Muskelkraft nicht. Ich erhob mich also eilends, um sie hochzuzerren und streckte ihr Arm und geöffnete Hand hilfsbereit hinüber. Da aber griff sie zu meiner Überraschung nicht zu, sondern schüttelte nur abwehrend, aber lächelnd ihren Kopf! Ihr Blick enthielt durchaus Anerkennung für mein Angebot. Ich spürte, dass diese junge weibliche Person mir freilich signalisieren wollte, dass sie mein galantes Verhalten, wie es gegen

Damen jeden Alters üblich ist oder wenigstens sein sollte, mit stillem Lob quittiere, jedoch körperlichen Zugriff – und sei es nur im sekundenlangen Handgriff – nicht dulden könne. Sie wusste, was sich wo schickt, und war sich eingedenk, welche Etikette für eine junge Dame gegenüber einem für sie doch viel älteren 26-jährigem Mann das situativ angemessene Verhalten ist. Eine Distanz musste bleiben trotz der Nähe. Ich war selbstverständlich über die Zurückweisung meines Angebots nicht beleidigt, weil ich sofort verstanden hatte, dass sie - ihrer Jugend und der trotz des Camp-Mottos von Hüllenlosigkeit nötigen Vorsicht bewusst - mir nicht unhöflich erscheinen wollte. Ich staunte still über diese völlig neu bei einem Kind erlebte Mischung von Dezenz, stimmiger Reaktion und freundlicher Überlegenheit! Mich dann weiter nicht beachtend, legte die junge Lady sich apart, in angebrachter Entfernung zu diesem fremden Mann, bäuchlings hin, so dass sie, den Kopf auf die Unterarme aufgestützt, vom Rand des Holzpodiums die kleinen Fische beobachten konnte. Über ihre vornehm übereinander geschlagenen Beine hinweg konnte ich nur, selber auf dem Bauch hingestreckt, die hohen und steilen Popo-Rundungen erblicken. Ihr Hinterkopf mit dem flotten hellbraunen Pferdeschwänzchen, das durch die Aussparung der Schirmmütze kess durchragte, war kaum noch sichtbar. Mir kam die peinliche Diskussion über Pädophilie in den Sinn. Da gibt es kalt-prüde Leute, die bereits ein völlig lustfernes, aber ästhetisch gefälliges menschliches Figürchen, wie man ja bei ganz kleinen Kindern oder bei den Putten der bunten Gemälde in katholischen Kirchen neutral und legitim wahrnimmt, wieder für strafwürdig halten. Ein Rückfall in die rechtliche Ahndung derartiger Harmlosigkeiten wäre jedoch Missbrauch toleranter, aufgeklärter juristischer Denkweise. Leider ist dies allerdings auch in modernen Gesellschaften neu anzutreffen, wenn in zurückhaltend gepflegter Freizügigkeit bereits verderbende Schamlosigkeit gewittert wird. In diesem Camp – wohl auch in jedem anderen FKK-Gelände – sind Schamhaftigkeit und Anstand situationsgerecht definiert. Strafbar muss selbstverständlich physischer genitaler Missbrauch zum niedrigen Lustgewinn des Erwachsenen oder des Kindes sein, weil hier körperliche und seelische Schäden festzustellen oder sogar später zu erwarten sind. Die präzis formulierten Strand- und Aufenthaltsordnungen solcher legalisierter Freizeitanlagen wie „Laterna Solaris" zeichnen sich zudem durch Wachdienste aus, welche auf das Verbot des Fotografierens und Filmens sowie auf geziemendes Verhalten achten. Wer diese Art Freizeitgestaltung mag, weiß durchwegs von sich aus, wie man sich zu benehmen hat. Echte Päderastie auf FKK-Camps ist gewiss kaum vorgekommen. Üble Spanner, die aus ihren Verstecken heraus die Persönlichkeitsrechte von Kindern und Jugendlichen per Fernglas oder Filmgeräten schädigen, könnten sich wegen des stillen Selbstschutzes bei vorherrschender Unbefangenheit und Anwesenheit der vielen normal körperbewussten Menschen gar nicht halten. Sie würden rasch enttarnt und sofort des Platzes verwiesen. Dies reflektierend, stieg ich alsbald leise - während des abschiedslosen Verharrens meiner Liegegenossin - in mein Paddelboot zurück, um meiner Verlobten nach meiner Rückkehr zu vermelden, dass es mehrere Strandabschnitte gebe, in denen man von Sportlärm und Gekreische kleinerer Kinder unbelästigt (Radios und Kassettenrecorder am Strand sind verboten) Lesen und in der Sonne dösen könne.

Die Begegnung mit dieser kultivierten 10-jährigen Lady, die in sich bereits die Vornehmheit einer erwachsenen Dame zum Ausdruck bringen konnte, verschwieg ich, weil ich das ganze Geschehen nicht noch einmal ausbreiten wollte. Freilich erweiterte dieses Zusammentreffen mit diesem besonderen wohlerzogenen, unerschrockenen Mädchen meinen Begriff von der Mentalität im Kindes- und Jugendalter. Im Kind steckt bereits viel vom später ausgebildeten Charakter.

Ile du Levant

Zusammen mit meiner Verlobten studierte ich in einem Reisebüro den auf FKK-Urlaub spezialisierten Oböna-Katalog. Bald konnten wir uns auf den Campingplatz im eleganten südfranzösischen Badeort Lavandou einigen, um dann vom abwechslungsreicheren Festland aus diese Besonderheit einen ganzen Tag zu erkunden. Nach eintägiger anstrengender Autofahrt über etwa 1000 Km gelangten wir an unser Ziel, bauten das Zelt noch auf, um gleich am nächsten Tag bei schönstem Juni-Wetter mit dem Motorschiff, einem Dschunken-ähnlichen, schwerfälligen ehemaligem Fisch-Trawler namens „Corsair", zur interessanten Insel „Levant" überzusetzen.

Im dortigen Hafen, den wir nach halbstündiger Tempofahrt auf dem schwankenden, große Wasserspritzer wegschleudernden Schiff erreichten, fielen uns gleich ungewöhnlich behoste Leute beiderlei Geschlechts auf, die nur mit dem ausschließlich an der Landestelle und im Inseldorf obligatorischen „Minimum" bekleidet waren – einem winzigen Tanga-String mit Schnürchen hinten und an den Seiten sowie einem bunten Stoff-Dreieckchen vor den Sexualmerkmalen! Nach dem kleinen Hafengelände legten auch wir unsere spärliche Sommerkleidung ab, verstauten diese in unsere Badetaschen und begaben uns gleich zum ausgeschilderten größten Badestrand dieses Archipels, dessen Hauptteil aus einem Sperrgebiet des französischen Militärs bestand. Wir staunten nicht schlecht, als wir zum schmalen Sandstreifen am Meeresufer gelangten, dass sich unmittelbar dahinter eine schräg aufsteigende, hohe Felswand befand, in deren Nischen sich – meist paarweise – die FKK-Anhänger lagerten und sonnten. Mittels eines Prospekts, den wir an der Abfahrtsstelle des Schiffes gekauft hatten, informierten wir uns jetzt über die Bewandtnis dieses Eilands und die Gründungsgeschichte dieses ältesten `Dorados´ der in Frankreich schon Anfang der dreißiger Jahre des 20. Jahrhunderts in ausgewiesenen Gebieten legalisierten und geschätzten Freikörperkultur. Die Brüder André und Gaston Durville, beide Ärzte, hatten das günstige Klima dieser dem Festland vorgelagerten Insel als besonders heilsam für bronchial empfindliche Menschen ausgekundschaftet und gleich für Unterkünfte der `Naturapostel´ einen Dorfteil namens „Heliopolis" samt Hotel aufgebaut. Sogleich hätten Leute, die ganzheitliches Licht und Sonne für die Stärkung des Immunsystems schätzten und überhaupt dem Wahlspruch Rousseaus „Zurück zur Natur" folgen wollten, ihren gesamten Sommerurlaub hier verbracht. Das

Gesundheitsbewusstsein sei besonders bei Vegetariern und Nichtrauchern ausgeprägt gewesen. Uns beiden Ausländern unter den hier urlaubenden Franzosen kamen die lagernden Sonnenfreunde durchwegs sehr körperbewusst vor. Alle waren bemerkenswert braun gebrannt. Keiner hatte weiße Streifen, die von vorher getragener Badekleidung verursacht worden wären, und weder Mann noch Frau mittleren Alters waren bebaucht, wie man es doch unter uns neuen Wohlstands-Deutschen häufig vorfinden konnte. All diesen FKK-Anhängern merkte man an, dass sie nur auf solchen Plätzen Urlaub machen. Manche stiegen derart routiniert von Platte zu Platte, dass sie wohl Dauerbesucher dieses ungewöhnlichen Felsgeländes waren. Viele lagen sogar ohne Unterlage auf den Steinen, um in extremem Gesundheitsdenken zusätzlich die Wärme des Felsbodens auf sich einwirken zu lassen. Die Paare beschäftigten sich – so auch wir – mit dem mitgebrachten Lesestoff. Die Einzelpersonen, vorwiegend Herren, dösten überwiegend bäuchlings vor sich hin und genossen den Überblick über die weiter unten liegenden Leute und registrierten unauffällig, was sich so tat, wenn sich jemand entfernte oder neu dazukam. Mir fielen zwei männliche Personen auf, die sich auf unmittelbar nebeneinander liegenden Flächen befanden, ein sehr junger und ein viel älterer Mann, die sich eine Zeit lang unterhalten und offenbar gut verstanden hatten, und dann gemeinsam, einander überaus hilfsbereit an Händen und Armen fassend, nach oben turnten, um wohl von dort aus die gesamte Szenerie des Sonnenhangs zu ermessen und dabei ihre beginnende Freundschaft zu vertiefen. Bald verschwanden sie unter den am oberen Rand des Geländes unter den windresistenten knorrigen Kiefern und frisch begrüntem Buschwerk. Weil wir uns etwas Abwechslung verschaffen wollten und auch Hunger bekamen, stiegen wir selbst die Felsschräge in Richtung des Lokals „Heliotel" empor und trafen dabei auf Publikum, das „Minimum" oder gar nichts anhatte. Hier herrschte selbst bei der Einkehr in die Gaststätte freie Wahl über den Bekleidungs- oder Nacktheitsstil. Mich selber hätte dieser String-Tanga wegen dieser lästigen Befestigungsschnur zwischen den Pobacken gestört, aber ich verstand, dass selbst auf so einem liberalen Platz zusätzlich Rücksicht sowohl auf individuelles Schamempfinden als auch auf einige notwendige Regeln für bürgerliche Normalbeziehungen genommen werden muss. Trotz der Sehnsucht nach paradiesischem Leben kann die Menschheit nie mehr so tun, als existiere sie im Urwald! Ich war damals durchaus verwundert, dass es einige Leute - mehr Frauen als Männer – gab, die auch im Genitalbereich gänzlich kahlrasiert waren; eine Mode, die sich erst in den Anfangsjahren des 21. Jahrhunderts in Mitteleuropa – in der Antike bereits im Orient, Ägypten und Griechenland gebräuchlich - allmählich bei jungen Erwachsenen durchgesetzt hat. Auf der „Ile du Levant" bestanden für kleinere Kinder sowieso keine Vorschriften, für diese galt nicht die „Minimum"-Pflicht im bebauten Dorf. Auf diesem etablierten FKK-Gelände, das hauptsächlich von `Profis´ und `Enthusiasten´ dieser harmlosen Licht- und Sonnenfreunde besucht wurde, gab es keinerlei Befürchtungen hinsichtlich Voyeurismus oder Missbrauch. Auch allein reisende Frauen scheuten sich im aufgeklärten und kirchlich ungebundenen Frankreich nicht, Ferien auf einem Naturistenplatz zu machen! Wir speisten unter dem kleinen Trubel der Mittagszeit an einem Seitentischchen, weil wir uns, eingedenk unserer bescheidenen Sprachkenntnisse, lieber nicht an einen bereits besetzten größeren Tisch trauten. Alle Lokalbesucher wirkten in ihren `Adams- und Evaskostümen´ völlig unverkrampft und traten genauso selbstverständlich auf wie in konventionellen Lokalen. Selbst die größeren Kinder zeigten keinerlei Scheu, sie mussten bestimmt nicht zum vorgeschriebenen Verzicht auf Badekleidung durch ihre Eltern gezwungen werden. Der französischen Landeskultur ist ein vermutlich ein natürlicheres Körpergefühl eigen als im in dieser Hinsicht moralischer manipulierten Deutschland. Da hat offenbar niemand gegenüber FKK die Assoziation von Sündhaftigkeit und Schamlosigkeit. Es entscheidet schlicht der eigene Geschmack, ohne Hemmung durch ein moralisches Veto eines Über-Ich. Ich sah mich hier in meiner eigenen Anschauung bestätigt, dass jeder innerhalb eines geschützten und abgegrenzten Raumes auch seine mittleren Körperregionen Sonne, Luft und Wasser aussetzen dürfe und nicht nur Gesicht, Oberkörper und Beine! Neuerdings gibt es bei uns nach wie vor zwar keinerlei FKK-Gelände für jedermann, sondern nur für Vereinsmitglieder. Doch Sportstudios und Thermen schießen geradezu aus dem Boden und bieten zudem FKK-Praktizierung in ihren Saunen in juristisch abgesicherter Legalität bei gemischtgeschlechtlicher Benutzung an. Selbst ältere, noch streng konservativ erzogene Leute wagen sich hinein und machen sich zumindest ein Bild von diesen Neuerungen. Wem aber ohnehin sportliche Körperschulung zur Verhinderung von Körper-, Kreislauf und Lungenerkrankungen ärztlich empfohlen wird, entschließt sich zur offenen Nutzung. Die Zwänge eines spezifischen FKK-Vereins, dazu mit den Pflichten und Ausweisen der Gruppenzugehörigkeit, scheuen jedoch die meisten Leute. Zudem lassen sich anerzogene Schamgefühle nicht einfachhin ausrotten. Das ist auch nicht nötig, man muss Wahlfreiheit in Sachen Ent- und Verhüllung belassen; und im Alltag sollen ohnehin zum Schutz von Freiheit, Gefühl und Recht klare und sogar strengere Normen gelten. Wer über sich `ohne´ wohler und gesünder fühlt, dem sei ein solcher Ausbruch in paradiesische Unschuld, wie sie auf der „Levant" gepflegt und gelebt wird, gerne gegönnt. Es bedeutet Fortschritt hinsichtlich Toleranz und Erweiterung persönlicher Freiheit, wenn solche Anlagen etabliert werden. Ich schätzte, dass auf dieser Insel schon vor 50 Jahren zur Gründungszeit dieser naturbelassenen Anlage jedweder Beziehung zwischen Menschen Verständnis entgegengebracht worden ist. Eine derartige Entwicklung wurde in Deutschland erst mit Beginn des 21. Jahrhunderts vollzogen.

Wir schauten nach dem Essen noch kurz vom ersten Haus aus in das kleine Dorf „Heliopolis" hinein und freuten uns über die schmucken Backsteinhäuschen und Gärtchen, die das Inselvolk zum kleineren Teil bewohnte und zum größeren Teil an die Sommergäste vermietete. Nachdem wir noch unmittelbar am Strand gelagert und uns schwimmend, gegen den starken Wellengang angestrengt und erholt hatten, waren wir allerdings gegen Abend nach ebenso schneller und schaukelnder Rückfahrt wie beim vormittäglichen Übersetzen froh, im belebten Hafenstädtchen Lavandou in einem Bistro den Tag ausklingen lassen zu können. Wir sind halt zwei Leute, die an einem einzigen Tag beides brauchen: Eintauchen in ursprüngliches Leben und Abtauchen in abwechslungsreiche Zivilisation.

Thermenerlebnis

Besuche in riesigen Thermen stehen heutzutage hoch im Kurs. Sie bieten angenehm warmes Wasser in mehreren Becken, Sprudel über und unter Wasser, Saunaräume unterschiedlicher Temperatur und Größe, Hamam-Steine und Liegen in ausreichender Zahl zur Erholung. Stets ist auch ein In-door- und ein Out-door-Restaurant vorhanden. Man kann preislich gestaffelt wählen zwischen „Nur Bad" oder „Bad mit Sauna" sowie Kurz- oder Langaufenthalt wählen. So zog es auch meine Frau und mich in solch eine Bade- und Freizeitlandschaft in noch für einen Tagesausflug überwindbarer Entfernung im 50-Km-Umkreis unseres Wohnortes.

Meine Frau strebte gleich ins große Becken mit 35 Grad warmem Salzwasser, wohingegen ich sofort das Hamam im abgetrennten FKK-Bereich aufsuchte. Ich fand auf dem riesigen, bunt gekachelten Marmorstein zwischen einem jungen und einem älteren Paar noch Platz. Zunächst galt es, vorsichtig einen kleinen Eimer Wasser über den freien Raum zwischen den schon schläfrig liegenden Nackten auszugießen ohne eine der Personen mit kalten Wasserspritzern zu erschrecken, dann hatte ich – der aushängenden Anweisung gemäß – die Pfütze, die der Reinigung von einer vorherigen Benutzung dienen sollte, mit einem kleinen Wischmopp trocken zu wischen. Je 10 Minuten auf der Bauch- und Rückenseite ausharrend, fühlte ich mich ordentlich durchgewärmt und war dazu aufgelegt, die weitläufige Anlage in mehreren Bereichen auszuprobieren. Ich staunte über das inzwischen enorm fortgeschrittene Sittlichkeitsempfinden der Leute, die sich im Gegensatz zu den wenigen FKK-Geländen im Freien (Vereinsbindung schreckt ohnehin ab) hier in Durchmischung aller Altersgruppen in ziemlicher Dichte aufhielten. Auch sehr alte, nur dialektsprechende Menschen, die in den sittenstrengen Zeiten ihrer Jugend die Pfarrer von Sodom und Gomorrha predigen hörten, schritten von Angebot zu Angebot herum und trauten sich jetzt endlich nach Jahrzehnten der sexuellen Aufklärung und Befreiung von bedrückenden Tabus, nun unbelastet von moralischer Verurteilung, gemeinsam etwas für ihre Gesunderhaltung inmitten der allgemeinen, nun erlaubten Nacktheit zu tun. Der Gesundheitskult drängt zweifellos übertriebene sittliche Bevormundung zurück. Alle, vorweg die älteren Bürger, wollten sich abwechselnd bewässern, erhitzen (mit und ohne Dampf), abkühlen, duschen, von Wasserdüsen bestrahlen lassen, um sich dazwischen und danach in einer der vielen Liegen ausruhen. Vor dem nicht abgetrennten Restaurant-Teil stieß ich auf ein Schild mit dem Hinweis, dass hier Gäste und Durchschreitende sich in ein Handtuch zu hüllen hätten. Aha, Essende sollten hier nicht durch Nackte im Genuss ihrer Bock- und Wienerwürstchen oder Schnitzel beeinträchtigt (oder zu Vergleichen genötigt) werden. Hinter dem Esslokal befanden sich Jacuzzis (kleine Rundbecken mit Wasserdüsen für 4 bis 6 Personen), in denen man sich bequem sitzend von starken Wasserstrahlen massieren lassen konnte. Das gefiel mir ausgesprochen gut, bis ein anderer bauchloser, sportlicher Mann mittleren Alters sich einfand, der nicht gegenüber Platz nahm, sondern unmittelbar neben mir. Er wollte sich also unterhalten und eröffnete das Gespräch über die Schönheit von Ort und Umgebung. Er bekannte, fast alle großen Badeanlagen Deutschlands zu kennen, da er nur in der Nähe von modernen Thermen Urlaub mache und dann eine volle Woche kure. Ich wunderte mich über einen solchen Herrn, der offensichtlich über genügend Zeit und Geld verfügte und schaute ihn etwas genauer an, Kopf und Schultern ragen ja bei durchschnittlich großen Leuten im Sprudelbecken aus dem Wasser. Mir fiel eine kleine, blaue wegen des aufschäumenden Salzwassers nicht genau identifizierbare Skizze auf seinem linken Oberarm auf und ein goldenes Ringlein in seinem Ohrläppchen darüber. Der Saunakollege fragte mich - das Gespräch flüssig aufrechterhaltend - über die hiesige Bergwelt aus und setzte mich in Kenntnis, wo er logiere und wann er täglich am Vormittag zu kleinen Hüttentouren starte. Ich fand Informationen über die anderen großen Bäderparks sehr interessant und wollte Genaueres über ein Projekt südlich von Berlin erfahren, weil dort ein fähiger Architekt und ein wagemutiger Finanzier den Umbau einer Zeppelinhalle in eine Therme unternommen hatten. Während des Gedanken- und Wissensaustausches, wobei die Fragen Antworten erhielten und wieder neue Fragen gebaren und weitere Anhaltspunkte boten, merkte ich, dass zusätzlich zum kräftigen Sprudel auf meiner Rückenfläche mehrmals eine zackige, geschwinde Wellenbewegung an meiner Bauchseite dazukam. Das irritierte mich, weil das Jacuzzi keine weiteren Wassereinläufe außer den Wandsprudeln aufwies. Ich konnte mich aber auch nicht mit dem Gedanken anfreunden, dass mein gesprächiger Mitinsasse neben seinen Wortschwallen vielleicht selber in erotischer Absicht per schneller Hand- und Unterarmbewegungen (eventuell nur scherzhaft) mein männliches Organ in Pendelbewegung zu versetzen versuchte. Nach derlei Feststellungen erschien mir der gewandte Viel-Urlauber und Thermenkenner allmählich sehr sonderbar, obwohl kein Mienenspiel und keine Vokabel seinerseits erkennen ließ, dass er auf einer Nebenschiene von Sprechen und geruhsamem Sitzen eine subtile sexuelle Anbahnung in die Wege leiten wollte! Zur Vorsicht beendete ich die Unterhaltung mit Hinweis darauf, dass ich jetzt noch andere Saunaeinrichtungen nutzen wolle und wünschte ihm weiter gute Ferien.

Mit dem umgeschlungenen großen Badehandtuch schritt ich vorsichtig wegen des nassen, glatten Bodens in Richtung Dampfsauna. Damit meine neue Verweilstelle von diesem aufdringlichen, mir nun verdächtigen Zeitgenossen nicht auszumachen wäre, hielt ich zuerst die Richtung zum Schwimmbad im Freien ein und bog erst hinter einem schützenden Bademantel-Ständer zur milden, kleinen 60-Grad-Sauna ab, deren starker Dampfnebel die Glastüre faktisch undurchsichtig machte. Kaum hatte ich die gefliste raue Sitzbank im üblichen Hygieneritual abgespritzt und erleichtert – froh über den Alleingenuss des kleinen Raumes – Platz genommen, öffnete sich die Tür und mein Gesprächspartner drückte sich galant herein, diesmal unverkennbar darüber grinsend, dass mir es nicht gelungen war, mich seiner Nachstellung zu entziehen. Ich hatte zu meinem Leidwesen nicht darauf geachtet, dass er auf Grund meines vor der Glastüre auf einem Tischchen abgelegten blauen Handtuchs auf mein Versteck schließen könne. Natürlich ist man ohne klaren Beweis für die eigene Ahnung kaum dreist genug, sich sofort zu erheben oder sogar die erforderliche Abneigung zu verdeutlichen. So verhielt ich mich, wie die meisten Leute es tun würden. Ich sprach den Zufall an, der zum beidseitigen Vorteil dazu führe, das wohl gar zu schnell beendete Gespräch unter Sportfreunden fortzusetzen. Der mir allerdings breitbeinig gegenüber sitzende Galan starrte für meinen Begriff geradezu dreist her, musterte mich von oben bis unten und riss das Thema „Körperschulung durch Hitze- und Kältetherapie" an. Da hielt ich nur für einen knappen Dialog mit und verwies dann, einen unverfänglichen höflichen Ausweg suchend, auf meine bald ablaufende Badezeit und auf meine am unteren Buffet zum vereinbarten Zeitpunkt wartende Frau. Da legte der gewiss schwule Mann (dies soll kein Vorwurf und keine Missachtung anderer Veranlagung und Vorlieben sein) die bisherige hochgebildet erscheinende Fassade ab und raunte verächtlich: „Sie gehören wohl zu denen, die unter dem Pantoffel einer Frau Schutz suchen?". Unter stummem Kopfschütteln langte ich zum Türgriff und suchte wiederum, aber diesmal erfolgreich, aufatmend Zuflucht in der nahen, zum Glück vielfrequentierten Salzsauna.

Hier im Halbdunkel konnte ich einerseits sicher sein, dem ohnehin verprellten Bewerber um meine Sympathie nicht wieder zu begegnen, andererseits ließ bereits die Menge der dortigen Dampfsaunierer keinerlei unangenehmes Annähern von vielleicht unlauteren Leuten zu. Alle waren damit beschäftigt, sich mit etwa 100 Gramm von aus der Tiefe gewonnenem Salz einzureiben und dann, vom warmen Nebel angenehm berührt, die Körnerschicht wieder abzuschwitzen. Manche Paare genierten sich nicht, sich vorn und hinten großzügig und langdauernd einzurubbeln. Mit einer Hand wurde die Salzportion gehalten, mit der anderen wurde Partner oder Partnerin gestriegelt. Genitalien oder Gesicht sollte man besser nicht einsalzen, stand auf einem Hinweisschild. Ständig wurde heißer Dampf in den zweiteiligen Nassraum rauschend nachgepumpt. Hinter den gefliesten Sitzbänken waren Wasserschläuche angebracht, die das Abduschen an Ort und Stelle ermöglichten. Ein Mann im Nebel vor mir sog die salzgesättigte Luft gierig ein, um auch seiner Lunge Gutes zu tun. Hier gefiel es mir eine volle halbe Stunde lang, bis meine Verweilzeit abgelaufen war. Beim Verlassen des Saunabereichs stieß ich noch auf eine große Anzahl von Leuten (darunter viele ältere), die gerötet und tief durchatmend aus der 100-Grad-Sauna kamen. Sie eilten zu den Duschen und waren voreinander stolz, die Kondition zum Aushalten der Temperatur und der drei Aufgüsse bewiesen zu haben. Alle durften sich ein kleines Eis zur Belohnung holen. Ich nahm mir nicht übel, diese Testeinrichtung für ein belastbares Herz nicht in Anspruch genommen zu haben. Insgesamt erleichtert und neu erfreut traf ich mich im Foyer mit meiner lieben Frau und konnte sie sowohl informieren über die vielfältigen Angebote im großzügigen FKK-Bereich als auch gleich erheitern durch meinen Bericht über eine ungewöhnliche Annäherung.

Der Präsentierteller

Jede Woche einmal war ich (mit Ausnahmen) zu Gast in einer bekannten und beliebten Schlossberger Gaststätte, die abends sehr voll, mittags weniger frequentiert war. So kam es, dass ich mit der freundlichen Bedienung, die an diesem Werktag immer Dienst hatte, öfter zu sprechen kam und wir oberflächlich miteinander bekannt wurden. Unsere Namen hatten wir nie ausgetauscht, so grüßten wir uns bei zufälligen Begegnungen im Ortsbereich kurz mit dem heutzutage üblichen „Hallo", ohne ein weiteres Wort zu wechseln. Vermutlich waren wir uns gegenseitig von Typ und Verhalten her sympathisch und hielten diese Einstellung nicht verborgen. Diese mittelgroße Aushilfskellnerin war von der Art `stramme Wirtstochter´ oder gar `Hofbesitzersgattin´. Sie trug stets ein gut sitzendes Dirndlkostüm, hatte ihr dunkles Haar am Hinterkopf sorgfältig geknotet und ging bestrumpft in schwarzen Ledersandalen. Sie schien mir eine Anfangsvierzigerin zu sein. Beim Bestellen und Bedienen schaute sie jeden Gast mit ihren dunkelblauen Augen und ihren kräftigen Gesichtszügen geduldig an und wartete höflich, bis man gewählt hatte, und trug dann eilends auf, damit das Essen heiß an den Tisch kam, wobei sie nie vergaß, laut hörbar „Guten Appetit" zu wünschen.

Eines Tages befand ich mich im öffentlich zugänglichen Badebereich eines örtlichen Hotels und hielt mich nach dem Schwimmen im kleinen für beide Geschlechter geltenden Umkleidebereich auf, um mir am einzigen Fön, der neben einem großen Wandspiegel angebracht war, die nach dem Duschen nassen Haare trocken zu blasen. Es hatten sich hier schon lockere Sitten eingebürgert, so dass sich etliche ungeniert nackt nach dem Ausziehen der Straßenkleidung und vor dem Anlegen der Badesachen bewegten (es standen für g´schamige Leute durchaus drei enge Kabinen mit Klappsitz parat), so auch in umgekehrter Reihenfolge nach durchgeführter sportlicher Aktivität. Manche Nutzer der kleinen hölzernen Hotelsauna kamen gleich ganz nackt daher, weil sie ihr Leihhandtuch sofort in den bereitgestellten Wäschekorb geworfen und sich eh in der Gemeinschaftssauna im Adams- und Evaskostüm gesehen hatten. Da ich mich selbstverständlich in die hier scheulose Aus- und Ankleidepraxis nach mehrmaligen Besuchen des Poolbereiches anpasste, stand ich, mein Handtuch, das ich kurz vorher noch um die Hüfte geschlungen hatte, zum Abtrocknen des Körpers nutzend, faktisch nackt im Föngebläse. Da bogen zwei Frauen aus dem Gang zur Sauna heraus, die ältere in ein großes Frotteetuch gehüllt, die jüngere war gänzlich unbekleidet. Es handelte sich offensichtlich um Mutter und Tochter. Zu meiner Überraschung erkannte ich in der vorausgehenden Dame meine mir ja gut bekannte Bedienung. Die etwa 18-jährige Tochter von ebenso stattlicher Gestalt wie ihre Erzeugerin war mir noch nie begegnet. Die Mutter und ich tauschten einige belanglose Freundlichkeiten aus, wie es sich bei einem zufälligen Zusammentreffen an unüblichem Ort eben schickt: „Wie, Sie auch hier?", „Ja, ab und zu, aber nicht regelmäßig", „genau wie ich!" Ich unterließ es nicht, da die Tochter auf den ersten Blick schon mein Wohlgefallen gefunden hatte, mich auch ihr zuzuwenden, um sie zu fragen, ob sie die immer auf 85 Grad voreingestellte Saunatemperatur gut vertragen habe, was mit „freilich, ich geh´ schon seit Jahren mit der Mama mit!" beantwortet wurde. Inzwischen holte `die Bedienung´ ihren behängten Kleiderbügel samt ihren Schuhen aus dem versperrbaren schmalen Wandschränkchen, drückte der Tochter deren Schlüssel in die Hand, klappte die Türe zur winzigen Umkleidekabine zu und rief dann laut heraus: „Sophie, mach´ dich draußen fertig, ich warte oben auf dich!"

Den Auftrag fand ich bemerkenswert freimütig und lächelte der nackten Tochter mit ermutigendem Kopfnicken zu, damit nicht etwa Schamgefühle oder gar Furcht vor einem fremden nackten Mann aufkämen. So beschäftigten wir uns nebeneinander mit dem Trocknen unserer Körper, wobei ich die eventuell doch irgendwie peinliche Situation mit einer Floskel wie „Schön, dass hier drin alles so schön unkompliziert zugeht!" Ich hoffte, sie höre heraus, dass ich sie sehr attraktiv finde. Sie reagierte ohne erkennbare Emotionen mit „Ach, man gewöhnt sich schnell an alles und ist dann gar nicht mehr so g´schamig!" Es ist nicht zu verhehlen, dass ich mich beim eigenen Ankleiden, unauffällig den Blick schräg zu dieser Eva wendend, bei der sich der Schöpfer beim Gestalten des Models für einen solchen Prachtkörper Mühe gegeben haben musste, überhaupt nicht beeilte – das propere Mädchen aber zu meinem Erstaunen ebenso nicht –, so dass bei mir der verstörende Gedanke aufkam: „Jetzt bist du schon 10 Jahre verheiratet und rechnest dir noch Chancen bei einer halb so alten Jugendlichen aus!" Sie drehte und wendete sich beim Striegeln ihrer halbnassen schwarzen Haare, so dass mir ihr Muskelspiel nicht entging und ich wirklich alles in stiller Verzückung bewundern konnte. Ihre Bewegungen und Unbefangenheit vor mir ließen auch darauf schließen, dass sie mich als Bekannten ihrer begleitenden Mama akzeptierte und deshalb sich selber gerne herzeigte. Nichts hielt sie versteckt, ihr Handtuch, das sie nie umgewunden hatte, lag auf dem Boden; sie hatte ihre Sportlerfüße (ohne Bemalung der Zehennägel) draufgestellt, als wäre die Fußbodenheizung nicht ausreichend warm. Busen und Po waren gleichgewichtig voll gerundet. Ihre Gestalt zeigte von der Seite her eine fast identische Sinus- und Cosinuskurve, wie es gewiss höchst selten bei Frauenkörpern anzutreffen ist. Die Schambehaarung wies noch keinerlei Zuschnitt per Rasierer auf. Derartige kosmetische Eingriffe waren ihr bestimmt noch fremd und ohnehin unnötig. Der Ausdruck ihrer klaren dunkelblauen Augen ließ den Schluss zu, dass es sich bei diesem adoleszenten Mädchen um eine unverdorbene, ernsthafte und liebenswerte Persönlichkeit handele - natürlich, lebenspraktisch, bodenständig; dazu klug und keineswegs egozentrisch oder gar eitel! Ich verordnete mir schließlich innerlich, mich mit diesem unverhofften Genuss eines köstlichen, motivierenden und glückhaften Anblicks zu bescheiden, und sagte dann rasch „Tschüs", bevor sie ganz fertig angezogen war.

Ich wollte unbedingt vor Sophie bei ihrer Mutter oben eintreffen, um nicht in Verdacht zu kommen, dass ich die höchst erfreuliche Situation unnötig in die Länge gezogen haben könnte. Der Mutter beim Vorbeigehen gefasst und sachlich zunickend, dachte ich allerdings noch: „Vielleicht wollten beide mir einfach etwas Schönes gönnen." Die Mutter zum Dank für meine Wertschätzung ihrer Person, die Tochter als Anerkennung für meine intensive, für sie wortlos spürbare Bewunderung ihrer Perfektion.

Der Moorsee

Nach vielen Jahren des Fernbleibens vom hintersten Westufer des „Moorsees"
war ich doch interessiert, was aus dem FKK-Plätzchen am Einlauf des
Gewässers geworden war. Ich entlieh war daher eines Nachmittags, als meine
Frau mit den zwei kleinen Kindern ihre Eltern besuchte, im Dorf „Sonnenstein"
beim Kahnverleih der Badeanstalt, neben der sich eine herrlich gelegene
Gaststätte mit Biergarten befindet, ein Ruderboot und strebte an der
„Sumpfinsel" und an der mit Jugendlichen im Zeltlager ziemlich belebten
Halbinsel vorbei auf die „Waldinsel" zu. Es war geradezu ein Genuss, die Ruder
in stetem, gleichmäßigem Durchzug durch das bräunlich schimmernde Wasser
zu bewegen und im Kielwasser zu kontrollieren, ob das Schiffchen geradeaus
fuhr. Die Zeltler waren vom Wasser aus auf dieser Privatinsel kaum zu sehen.
Da es dort nur einen Tiefbrunnen zur Trinkwasserversorgung und zur
Zubereitung des Essens gibt, war ab hier schon köstliche Ruhe. Nur wenige
Segler und ein einziger Paddler, dessen Anblick mich zur längst fälligen Nutzung
meines eigenen Bootes gemahnte, kreuzten meine Fahrbahn. Die Inselwelt des
kleinen „Moorsees" mit seinem gesunden Heilwasser und der Waldreichtum
der Eilande waren wie immer faszinierend, erfreuten Auge und Herz!
Gegenüber Fremden konnte ich nie genug loben, dass ein Naturfreund hier
überall ein Stückchen Ufer zum Anlanden, Ausrasten und Lesen finden könne.

Als ich nach dem Zulauf des Sees zum angestrebten Nacktplatz einbog,
wunderte ich mich, dass trotz sonnigen Wetters (der Himmel bayerisch blau-
weiß) nur ein paar Kähne und kaum Paddelboote zu sehen waren. Einheimische
Sonnenfreunde hätten eigene Gefährte bevorzugt, urlaubende Gäste aus
ferneren Regionen mussten zwangsläufig Ruderboote mieten. Zu Fuß konnte
damals wie heute niemand durch das Sumpfgebiet in diese einsame Region
vordringen, zumal auch der Zufluss des Sees eine natürliche, nur schwimmend
und kletternd zu überwindende Grenze darstellt. Ich zerrte den Kahn, ihn vor
dem Abtreiben sichernd, ins flache Wasser der Uferböschung, zog mich aus und
betrat im üblichen `Adamskostüm´ die schmale Wiese. Da sich die Zeiten
innerhalb von 20 Jahren meiner Abwesenheit liberalisiert hatten, schreckte
niemand von den anwesenden wenigen Besuchern des Plätzchens auf, um
argwöhnisch den Neuankömmling zu mustern, ob er vielleicht eine polizeiliche
Kontrolle durchführe und dann Strafzettel mit Ordnungsstrafen ausstelle. Man
war sich inzwischen sicher, dass die Polizei Wichtigeres zu tun habe, und man

wusste, dass die öffentliche Meinung sich über die moralische Bewertung der Freikörperkultur zum Positiven, zumindest zu neutraler Beurteilung, gewandelt hatte. Ich musterte die anwesenden Leute, wobei sich die absurde Idee einstellte, ob etwa die prachtvolle Blondine von meinem ersten Besuch vor 20 Jahren wieder daläge. Leider nein. Bevor ich mich selber niederlassen konnte, kam ein gemergelter, durchgängig dunkelbraun gebrannter, älterer Herr auf mich zu und sagte: „Schön, dass Sie sich nach so langer Absenz wieder einmal hier sehen lassen. Ich habe Sie gleich wiedererkannt." Die Aussage empfand ich als Kompliment, weil ich mich eventuell seit meinem 19. Lebensjahr trotz der Studien- und der folgenden noch anstrengenderen Berufsjahre kaum verändert hätte. Ich entgegnete also mit einer Notlüge, weil ich mich an diesen faltigen Sonnenfreund überhaupt nicht erinnerte, und sagte zu dem etwa 80-jährigen Mann: „Sie sind durch Ihre Gesundheitspflege ebenso im Alter stehengeblieben." Darauf regierte er schmunzelnd, weil er meine Höflichkeit durchschaute, mit der Aussage: „Ich habe heuer 85. Geburtstag gefeiert. Meine Körperpflege besteht weniger im Schwimmen, sondern im Eincremen mit einer Mischung von Niveamilch und Pflegeöl, dann wird man braun, und die Haut bleibt geschmeidig." Ich dachte, dass er sich eher mit Altöl nach dem Kundendienst an seinem Auto salbe, weil dunkelbraun noch untertrieben für diese Schwärze war. Er ergänzte noch, dass er starke Sonnenstrahlen nicht für gefährlich halte, weil sein Hausmittel die UV-Strahlen gut absorbiere. Er kenne sich mit Wärmewirkung und Absorbierung von Strahlung aus, weil er nämlich 40 Jahre lang Physik- und Chemielehrer an einem Gymnasium gewesen sei. Er mache seit seiner Pensionierung den ganzen Sommer ausschließlich am „Moorsee" wegen dessen bekannten Heilwassers Urlaub; das sei sein Jungbrunnen. Darauf gab mir dieser rüstige Greis die Hand und zog sich auf sein Liegehandtuch, zu seiner Zeitung und zu einer riesigen Milchflasche zurück, die wohl sein weiteres lebenserhaltendes Elixier enthielt. Ich deponierte meine Sachen neben einem etwa 60-jährigen Paar, einem Herrn mit perfektem Körperbau und seiner ihm an Schönheit gleichwertigen Frau spanischen Typs, mit denen ich dann gleich ins Gespräch kam. Der Mann erklärte seine makellose, durchgängige mittelbraun gefärbte Haut erstens mit seinen regelmäßigen Aufenthalten auf diesem Flecken, den er als Burgwieser Bürger mit dem Klepperboot kurzfristig erreichen könne, und zweitens als Plichtsache wegen Nebenberufs als Anatomiemodel an der Medizinischen Fakultät einer Universität. Seine Gattin sagte, sie komme meistens mit, weil sie nicht wie ein

Zebra aussehen möchte und ebenso wie ihr Mann streifenlose Bräune bevorzuge. Dann aber machten sie mich auf unangenehme Fakten aufmerksam: Das Landratsamt plane auf Druck des Naturschutzes eine Sperrlinie, sogar mit Kordel auf dem Wasser und mit Verbotsschildern, so dass nun das letzte Jahr gekommen sei, in dem man zu diesem Plätzchen vordringen könne. Ich war ebenso ungehalten wie diese beiden und kündigte an, mich mittels Leserbriefs in der Heimatzeitung gegen eine blockierende Absperrung auszusprechen. Für den Naturschutz müsse man natürlich ein gewisses Grundverständnis haben, weil am nahegelegenen Westufer ein breiter Streifen im Feuchtmoor-Gelände plattgetrampelt sei und sich jetzt so viele Leute in empfindlicher Landschaft unachtsam verhalten würden. Aber für so einen abgelegenen kleinen FKK-Platz, wo die Freikörperkultur niemanden stören könne, solle irgendwie Ersatz geschaffen werden. Dieses wünschenswerte Äquivalent hielten wir dann doch für illusorisch und meinten, für solche Zwecke habe man leider bis Frankreich oder Kroatien die Reisestrapazen auf sich zu nehmen. Die dunkle Burgwieserin schaute über ihren bäuchlings daliegenden Ehemann wohlwollend zu mir herüber und bekannte, dass auch sie mich etwa vor 20 Jahren bei meinem ersten Besuch auf dieser Lichtung schon gesehen hätte und sich gefreut habe, dass mal ein einzelner Jüngling so viel Mut zeigte, sich unter die Nackten zu trauen. Mir kam der Verdacht, dass mich damals viel mehr Leute beobachtet haben als ich es bemerken konnte, und hoffte, dass diese Augenzeugen sich keine Peinlichkeit meines unbedarften Verhaltens im Gedächtnis gespeichert hatten. Die anerkennende Erinnerung der Dame ermächtigte mich zu einem bewunderten Blick auf diese sitzende, selbstsichere Gestalt und besonders auf ihren leicht barocken, aber wohlgeformten Oberkörper, was sie feinsinnig wahrnahm und mir im Zulächeln gestattete. Ich dachte im Stillen, ob diese dunkelhaarige, kultiviert sprechende `Schönheitskönigin´ schon je ein Baby gesäugt habe, wo doch ihr Busen so prall und fest erhalten geblieben sei; dies trotz des fortgeschrittenen Alters (als 39-Jährigem kamen mir die beiden zu Unrecht als ältere Leute vor). Dann vertieften wir uns in die mitgebrachten Lektüren, und nach einem ausgiebigen Schwimmen stieg ich bald wieder in meinen Kahn, betrübt über die Ankündigung der Auflösung dieses Refugiums, aber fest entschlossen, gegen gar weitgehende Sperrung zu protestieren in der Hinsicht, dass für die Einheimischen und auch für Besucher, freilich auch für die Fischer, die größte Seefläche erhalten bleiben müsse.

Die Rückfahrt zum Kahnverleih im Dorf „Sonnenstein" vollführte ich an „Waldinsel" und „Buschinsel" sowie der großen „Laachinsel" vorbei und erfreute mich am freigelegten Blick auf die historische Inselkirche und das renovierte Schlösschen. Die Nachmittagssonne auf meiner Vorderseite ruderte ich kraftvoll und sang dann sogar befriedigt den Anfang (mehr Text wusste ich nicht) der Arie aus Mozarts Oper „Die Zauberflöte": „Dies Bildnis war so wunderschön", womit ich sämtliche Eindrücke erfasste – Wasser und Luft, waldige Landschaft vor Gebirge, grüne Wiesen und die sonnengebräunten Menschen aller Altersgruppen.

Die Versuchung

Eines Sommer-Nachmittags hatte ich die Idee, die Südseite des „Moorsees" zu Fuß quer durch Wälder und Wiesen zu erkunden. Ich fuhr also mit dem Auto die enge Straße von „Schlossberg" aus wenige Kilometer westlich und hielt vor einem großen, alten Gebäude mit einem ausgedehnten freien Platz davor, um meinen teuren Wagen dort für ein paar Stunden abzustellen. Kaum war ich ausgestiegen, öffnete sich die Haustür und eine etwa 25-jährige junge Frau kam heraus, um mich darauf aufmerksam zu machen, dass sich in diesem ehemaligen Bauernhaus mehrere kleine Mietwohnungen befänden, deren Bewohner die Parkfläche für sich bräuchten, so dass ich besser weiterfahren solle. Da ich aber schon gesehen hatte, dass von diesem Hof aus ein landwirtschaftlicher Fahrweg ein lange Strecke durch ein Waldstück hindurch über eine große Wiese nach Norden abwärts führte, wollte ich nicht klein beigeben und verhandelte mit der Bewohnerin mit dem Argument, dass ich längst wieder da sei, bis die anderen Mieter abends nach Hause kämen. Das Fräulein erkannte, dass ich unbedingt zum See hinunter wollte, zeigte ihr `Sonntagsgesicht´ und gestattete mir das Parken mit der Bemerkung, dass sie selber nach ihrem Wohnungseinzug schon auf diesem beschwerlichen Weg das Seeufer aufgesucht habe. Sie ergänzte freundlich – zu meiner Zufriedenheit ganz auf Entgegenkommen zu diesem Naturfreund eingestellt -, sie spiele mit dem Gedanken, dass sie vielleicht zum Baden gehe, wenn das sonnige Wetter anhalte. Sie sei Krankenschwester und habe heute Nachtschicht, daher tagsüber frei.

Ich dachte, gut dass es noch offenherzige, nette Menschen gibt, und begab mich in meiner Freizeitkleidung, nur mit einem kleinen Handtuch ausgerüstet, auf die Wanderung ins unbekannte Gelände. Die Dunkelhaarige hatte Recht mit dem Hinweis auf anstrengendes Durchdringen. Zweimal musste ich einen Stacheldraht vor und nach einer Viehweide überwinden, einmal ging es durch einen Morast, der durch das trampelnde Vieh entstanden war, einmal verursachte ein stacheliger Busch ein paar Kratzer an meinen Waden, die wegen der kurzen Hose nicht geschützt waren. Da ich genau darauf achtete, die Richtung einzuhalten, triftete ich nicht vom Kurs ab, wo manche Waldböden und eine Lichtung keine Neigung aufwiesen. Nach einer halben Stunde funkelte die Seefläche durch die Stämme eines hochstämmigen Mischwaldes, und ich traf zu meiner Erleichterung nochmals auf eine verwachsene Fahrmulde aus den vergangenen Jahren der Wald- und Weidebewirtschaftung und kam schließlich auf dem Fahrweg am Ufer an. Ich kannte wegen meiner häufigen Radfahrten um den See eine bebuschte Stelle mit schmalem Zugang ins Wasser (wo ich manchmal einen Angler sitzen sah), um dort zur Abkühlung nach meinen Strapazen zu suchen. Jetzt entdeckte ich hier ein abgesperrtes Damenfahrrad und ein paar Meter weiter die zugehörige Frau, die, mit einem Bikini bekleidet, auf ihrem Badehandtuch am schmalen, schattig-feuchten Ufer saß. Als sie mich kommen hörte, drehte sie sich argwöhnisch um, wohl darauf gefasst, eventuell woanders hinzugehen, falls ein Neuankömmling ihr in dieser Einsamkeit nicht geheuer erscheine. Die Überraschung war aber gewiss eher meinem Gesicht abzulesen, weil ich total erstaunt auf die junge Frau vom Bauernhaus stieß, die mir gleich sagte, dass sie gelegentlich zum Baden hierher fahre, weil das Moorwasser an dieser Stelle besonders angenehm sei. Zudem vermische sich hier das Seewasser mit dem frischen Quellwasser eines gleich daneben einmündenden Rinnsals, was der Wasserqualität noch mehr zugute komme. Ich zeigte mich, da ich die Dame schon vorhin als angenehm freundlich empfunden hatte, über diesen Zufall, an gemeinsamer Lieblingsstelle am Südufer so rasch aufeinander zu treffen, sehr erfreut und wagte es, gleich mit meinem Vorhaben herauszurücken, dass ich an diesem uneinsehbaren Platz im FKK-Stil ins Wasser gehen müsse, weil ich keine Badehose, sondern nur mein Sitzhandtuch dabei habe. Sie gestattete mir diese Absicht genauso entgegenkommend wie das Parken, könne aber auf mein Angebot, mich beim Baden zu begleiten, nicht eingehen, weil sie bereits eine Viertelstunde geschwommen sei. Während ich mich auszog, blickte sie diskret an mir vorbei ins Weite, wohl zu den Zeltlern auf der „Waldinsel" hinüber. Als ich nach einigen Minuten Brust- und Rückenschwimmens wieder an den Binsen des Ufers vorbei zurückkehrte (um ihr keine Gelegenheit zu geben, sofort davon zu radeln, wenn ich durch längeres Ausbleiben bekunden würde, kein Interesse an der Fortsetzung der Bekanntschaft zu haben), trocknete ich mich nicht ab, sondern sagte, dass ich mich lieber auf der höhergelegenen Lichtung von der Sonne bescheinen ließe, und lud sie dazu ein mitzukommen, weil es hier unten im Feuchten und Dunkeln auf Dauer nicht auszuhalten sei.

Sie bejahte, verwies wiederum, gewandt auf mich eingehend, auf ihre nasse Badekleidung, in der sie bereits friere, und stieg hinter mir – nach dem Überqueren des steinigen Uferweges, wofür ich mein Laken um die Lenden gewickelt hatte -, zur einsamen Wiese hinauf. Da sie ja meinen Bade- und Sonnenstil nun schon kannte, genierte ich mich nicht weiter, mich ohne Bedeckung auf mein Handtuch zu setzen, während auch sie ihr schmales Oberteil ablegte, einige Wassertropfen ausschüttelte und sich auf ihrer Unterlage rücklings links, unmittelbar neben mich postierte. Ich wunderte mich sehr, dass sich meine angenehme neue Bekannte (was nicht nur fürs Psychische galt, sondern fast mehr noch fürs Physische) so erstaunlich knapp neben mich ausstreckte. Ich schaute wohlwollend an ihr herunter, nahm ihre nassen Haare über ihren braunen Augen wahr, das ebenmäßige Gesicht, ihren wohlgeformten Busen mit kleinen Vorhöfen um die Brustwarzen herum, die schmalen Hüften, die langen Beine und knochigen Füße; überhaupt die ganze schlanke Gestalt. Da man nach beidseitig erwünschtem Niederlassen an menschenleerer Stelle nicht einfach schweigen kann, musste ich mich mit der bisherigen Unbekannten etwas vertrauter machen. So begann ich mit Fragen über ihren Beruf und ihren Aufenthalt in der schmucken Kleinstadt „Schlossberg". Im Gegenzug gab ich dasselbe über mich preis. Unsere Namensnennungen hielten wir intuitiv nicht für notwendig. Sie entpuppte sich als diplomierte Krankenschwester, die sich in Ausbildung zur Physiotherapeutin befand. Sie stamme aus Landshut, wohin sie wieder zurückwolle. Wir konnten so unsere Unterhaltung auf bayerisch weiterführen. Ich hatte den Eindruck, dass ich ihr trotz des ungefähren Altersunterschieds von 15 Jahren sympathisch sei. Über private Beziehungen redeten wir in stiller Vereinbarung nicht; denn sie wäre gewiss sofort erkaltet, wenn ich zugeben hätte müssen, dass ich seit 10 Jahren verheiratet sei und zwei kleine Kinder habe. Umgekehrt hätte mich befremdet, wenn Sie mir etwa einen festen Freund – was ich aber für sehr wahrscheinlich hielt - gestehen würde. Solche Informationen passen nicht zu einem zufälligen Techtelmechtel oder freizügigen Flirt ohne das Vorhaben einer weiteren Beziehung. Nebenbei schielte ich natürlich im Sitzen zu ihrem perfekten Sportskörper hinüber, wobei es mir vorkam, dass sie darauf gar nicht achte oder es ihr gleichgültig sei. Ich spielte einen Augenblick mit dem Gedanken, ihr nahezulegen, jetzt sich doch auch meinem Zustand anzupassen und ihr nasses Höschen abzulegen. Doch das kam mir dann gar zu klischeehaft vor. Das hätte wohl jeder Kerl in dieser spannungsgeladenen Situation getan, um sogleich `ans Werk´ gehen zu können. Ich dachte also, wenn sie sich ohne Aufforderung auszöge, wäre ich weiterhin zu nichts gezwungen und könnte diese verwegene Sachlage noch die nächste Stunde aufrechterhalten, ohne zu Unmoralitäten veranlasst zu sein.

Sie handelte jedoch ganz anders, als von mir erwartet und eigentlich insgeheim befürchtet: Sie breitete das bereits links neben ihr abgelegte Bikini-Oberteil über ihr Gesicht und verdeckte ihre Augen. Sie wollte mir offensichtlich die Gelegenheit geben, über ihre Schönheit ins Klare zu kommen und mich zu entscheiden, ob ich vielleicht doch die weitere Initiative für ein sexuelles Abenteuer ergreifen wolle! Ich rätselte, ob sie dies aus jugendlicher Naivität oder aus erfahrener Berechnung getan habe. Diese Frage blieb freilich unbeantwortet in meinem geistigen Innenraum stehen. Das Problem war eigentlich schon dadurch ausgelöst worden, dass sie ihren hübschen Körper derart ungemein nahe neben mich, faktisch in Griffweite, positioniert hatte. Ich legte mich instinktiv selber auf den Rücken; gab mich ganz als seriösen, beherrschten Sonnenfreund, der keinen Gedanken an Sex aufkommen lässt, und verfiel dann doch in etwas peinliches Schweigen. Selbstverständlich kam ich ins Überlegen, wie alles nun weitergehen solle, ohne dass ich zu handgreiflichen Maßnahmen in dieser delikaten Situation gezwungen sei. Ich entschloss mich dazu, schläfrig zu verharren, und hoffte, dass der nichts sehen wollenden neuen Freundin dies auch das Liebste sei. Doch Zweifel blieben. Die großen Tannen am Wiesenrand strömten ozonhaltige, anregende Waldluft aus. Kleine Insekten schwirrten sichtbar, aber unhörbar von den wenigen, nach dem Abmähen verbliebenen Blümchen zu den langstieligen Grashalmen auf der Suche nach bescheidener Nahrung. Immer wieder waren Raschelgeräusche aus dem Mischwald zu hören, weil hungrige Vögel im trockenen Laub nach Essbarem scharrten. Ab und zu war es unausweichlich, durch beherztes Zuschlagen den Stich einer lästigen Bremse zu verhindern. So ging es tatsächlich ohne Handlungszwang durch unbedarfte oder gar raffinierte Verführung noch eine halbe Stunde weiter, bis der Himmel angesichts derartiger moralischer und emotionaler Problemlage Einsicht hatte und einen Donner losließ, der uns zur Trennung und zum Aufbruch gemahnte. Die dunklen Wolken ließen keine Sonnenstrahlen mehr durch, so dass wir beide merklich fröstelten. Böiger Wind kam auf, die oberen Äste der großen Tannen schwankten, ein Gewitter schien sich anzukündigen. So kam es zu einem für mich wünschenswerten, einigermaßen harmonischen Ende unserer delikaten, kurzen Bekanntschaft. Wir verabschiedeten uns ohne große Peinlichkeit, als wäre alles stillschweigend in gleicher Absicht so verlaufen, wie es sich in denkender Passivität meinerseits und linder Aktivität ihrerseits ergeben hatte. Hastig schlüpften wir in unsere Kleidung. Meine Bekannte eilte rasch zu ihrem Fahrrad hinunter.

Ich hastete den bewaldeten Hügel hoch, nicht ohne mehrmals auf den lockeren Blättern am Boden auszurutschen, bis ich wieder auf die vorher entdeckten Pfade und Zäune stieß. Der erwartete Regenguss blieb jedoch aus. Helleres Gewölk mit blauen Streifen dazwischen verhieß baldige Wetterbesserung mit Aussicht auf vielleicht sonnige Abendstunden. Am Parkplatz sahen wir uns nicht mehr, obwohl mein Blick kurz über die Fenster des Gebäudes huschte. Ich fuhr froh, Nettes erlebt und nichts Unrechtes getan zu haben, mit meinem schönen Wagen davon. Stolz über eventuelle Charakterstärke war ich nicht. Ich hatte mich schließlich schon in eine riskante, brandgefährliche Situation hineinbegeben; aber ich war mit gewissem Genuss und irgendwie – im großzügigen sittlichen Maßstab gemessen – ohne schwere Schuld davongekommen! So verhält sich gewiss kein Heiliger, aber halt ein etwas schüchterner Mensch mit anerzogenen Skrupeln oder sogar selbst erworbener Ethik. Die Erlebnis-Mischung zwischen Verwegenheit und Hemmung ist bestimmt etwas Individuelles. Lust und Moral gleichzeitig wahrzunehmen, bereitet emotional Freude, bewirkt jedoch trotzdem auch Gewissensbisse. So verwahrte ich die brenzliche Begegnung in meinem inneren Schatzkästchen. Jedoch nicht lange.

Meine Frau musste 14 Tage später auf Anraten ihrer Internistin ein Münchner Groß-Krankenhaus aufsuchen, um sich wegen eines Myoms dringend sofort operativ behandeln zu lassen. Sie bräuchte nur vier Nächte in der Klinik verbleiben. Die einheimische Ärztin hatte ihr mitgeteilt, dass sie kompliziertere Befunde in der Regel zu erfahrenen, auf Frauensachen spezialisierten Operateuren überweise. So gestern erst - eine Schwangerschaft. Ich kam am Tag nach der Operation am Vormittag zu Besuch und fragte an der Pforte nach Stockwerk und Zimmer, wo meine Frau zu finden sei. Ich erhielt durch die Sprechmuschel die genuschelte Auskunft für Stockwerk 3, Zimmer 13. An der Türe des Krankenzimmers in der Gynäkologie leuchtete das Besetzt-Zeichen, das bekanntlich signalisiert, dass gerade eine Schwester oder ein Arzt zur Behandlung im Raum ist und Besucher draußen warten sollten. Nach einigen Minuten erlosch die gelbe Lampe, und eine Ärztin in weißer

Berufskleidung mit Stethoskop um den Hals trat heraus, stieß fast mit mir zusammen und raunte: „Ich muss weiter. Ich kann Ihnen auf die Schnelle sagen, dass Ihre Partnerin die Sache in der 4. Woche gut überstanden hat!" Schon war sie davon geeilt. Das traf mich. Das Wort „Partnerin" machte mich nicht hellhörig, aber „die Sache" und „4. Woche"! Was ist da los? Da musste etwas passiert sein. Ich öffnete also die Tür, blickte in den Raum mit einem Einzelbett und fuhr erschrocken zusammen. Am aufgestellten Kopfteil lagerte die junge Frau, neben der ich vor 14 Tagen auf der „Moorsee"-Wiese gelegen war! Die erschrak ebenso, dazu rötete sich ihr Gesicht. Beide waren wir verblüfft. Wir starrten uns, keiner Sprache mächtig, nur kopfnickend grüßend an. Ich stammelte leise: „Entschuldigung. Ja, Sie sind´s. Zufälle gibt´s. Alles Gute." Perplex und zugleich erleichtert schloss ich die Tür. Diese Verwechslung der Ärztin brachte im Nachhinein etwas Ungeheuerliches ans Licht! Noch geschockt tappte ich zur Zimmernummer 10 – ich hatte vorhin also, bedingt durch meine Anspannung vor dem Krankenbesuch, die Zimmernummer mit der Stockwerkszahl unbewusst addiert –, trat in das richtige Krankenzimmer meiner Frau und schloss diese, gratulierend zur erfolgreichen Myom-Entfernung, in die Arme. Sie meinte: „So erschüttert brauchst du wirklich nicht zu sein. Es war kein besonders schwieriger Eingriff." Mein Besuch dauerte in Nachwirkung der großen Erleichterung verständlicherweise lange, und ich fand im Gespräch mit meiner Angetrauten zum mir zweifellos zuteil gewordenen Glück in anderer Angelegenheit zurück. Zum Dank für das Wohlergehen meiner Gefährtin und Mutter meiner beiden Kinder kam die Entspannung über den vorherigen und dann rückempfundenen Schrecken und den jetzt zutage getretenen, ungeahnten Hintergrund meines Abenteuers hinzu.

Das Geheimnis über meine Bekannte machte mir allerdings länger zu schaffen: „Sollte ich vielleicht benutzt werden für Zwecke, die mir teuer zu stehen gekommen wären?" Meine bewusst-unbewusste Zurückhaltung hatte mich gewiss vor gewaltigen Schlamasseln bewahrt. Als mir die besagte Person im „Schlossberger" Zentrum, Hand in Hand mit einem von mir schon von Anfang an vermuteten festen Freund, zwei Wochen später wieder begegnete und sich unsere Blicke kurz kreuzten, drehte sie sich schnell zur Seite.

Gliederung

Nachwort

Der Herausgeber dieser Kurzgeschichten mit dem Thema „Zwischen Lust und Moral – erotisches Erleben und ethisches Bedenken des Fritz Willer", Dr. Friedrich Wambsganz, ist nicht identisch mit dem Ich-Erzähler, jedoch bestehen Überschneidungen. Dr. Friedrich Wambsganz ist gewiss zuständig für die konservativ-seriösen Passagen mancher Geschichten, sein jüngerer Fach- und Lehrerkollege Fritz Willer kann darin die unkonventionellen Abschnitte für sich reklamieren. Als Herausgeber traf Wambsganz die Entscheidung, die an sich vorletzte Episode „Der Irrtum" an die erste Stelle der Erzählsammlung - trotz des sonstigen chronologischen Ablaufes - zu rücken, um die Erlebnisse durch die dieses Buchprojekt auslösende Begebenheit einzuleiten und alle Geschichten durch zwei besonders existenzielle Kontakte des inzwischen erwachsenen Ich-Erzählers zu rahmen. Fritz Willer kannte die drei germanistischen und die zwei bibeltheologischen Fachbücher des Herausgebers sowie dessen Gedichtband „70 zeitkritische Gedichte". Er hat daher die Aufzeichnungen seiner Erlebnisse zwischen dem 16. und 40. Lebensjahr, die sich in 24-jähriger Entwicklungszeit zugetragen hatten, dem erfahrenen Autor im Jahr 2017 übergeben mit der Bitte, diese als sein Lektor zu redigieren und als Herausgeber zur Verfügung zu stehen. Dem Anliegen seines etwas schreibfaulen und schüchternen Freundes Willer war Wambsganz in gesteigerter Schreiblaune - bereit zu Ergänzungen - gerne nachgekommen.

Kurzbiographie des Herausgebers

Dr. Friedrich Wambsganz ist 1945 in
Peißenberg geboren, hat nach dem Germanistik-
und Theologiestudium an der LMU München
37 Jahre am Gymnasium Weilheim Deutsch- und
Religionsunterricht erteilt, hatte sich nach dem
Abitur in Weilheim – parallel zu Studium und
Beruf - 15 Jahre im öffentlichen Leben betätigt
(u.a. Kreisrat). Er hielt 2010 bis 2017 an der
Münchner Ludwig-Maximilians-Universität,
am Lehrstuhl Religionspädagogik, Seminare
zum Thema „Religion in Literatur" (zu Thomas
Mann, Hermann Hesse, Bertolt Brecht, Max
Frisch) und in der Germanistik (Thomas Mann,
Alfred Döblin, Theodor Fontane) ab. Er ist Autor
von drei literaturwissenschaftlichen und
zwei bibeltheologischen Werken sowie
einem Gedichtband, dazu eines Buches mit
politischen und theologischen Essays
(ergänzt mit politischer Lyrik) und eines Bandes
mit 14 biografischen Kurzgeschichten.
Dissertation 1998 über Alfred Döblin.